作/者/介/绍/

皮埃尔·阿苏里（Pierre Assouline, 1953-   ）法国龚古尔学院院士，《读书》杂志前主编，《历史》杂志编委，著名作家，著有《西默农传》《伽利玛传》《阿·伦敦传》《知识分子的清洗》《女宾》《双重生活》等数十部，曾获法语成就终身奖、法兰西学院奖等，其《路德西亚》被拍成电影。

当下的文坛，就是一部具体、鲜活、生动的文学史。前者显然是火热的，而后者常常是冷峻的。

· 左岸译丛 ·

在特鲁昂饭店那边
——百年龚古尔奖

[法]皮埃尔·阿苏里◎著
黄荭　郑诗诗◎译

Du côté de chez Drouant
Pierre Assouline

海天出版社（中国·深圳）

图书在版编目(CIP)数据

在特鲁昂饭店那边 /(法)阿苏里著;黄荭,郑诗
诗译. — 深圳:海天出版社,2016.1
　　(左岸译丛)
　　ISBN 978-7-5507-1536-3

　　Ⅰ.①在… Ⅱ.①阿… ②黄… ③郑… Ⅲ.①文学奖
—概况—法国—现代 Ⅳ.①I565.065

中国版本图书馆CIP数据核字(2015)第295815号

版权登记号　图字:19-2014-058
Du côté de chez Drouant
Pierre Assouline
©Pierre Assouline et les Éditions Gallimard, 2013

在特鲁昂饭店那边
ZAI TELUANG FANDIAN NABIAN

出 品 人	聂雄前
责任编辑	胡小跃
责任校对	万妮霞
责任技编	蔡梅琴
封面设计	蒙丹广告

出版发行　海天出版社
地　　址　深圳市彩田南路海天大厦　(518033)
网　　址　www.htph.com.cn
订购电话　0755-83460293(批发)　83460397(邮购)
设计制作　深圳市龙瀚文化传播有限公司　33133493
印　　刷　深圳市新联美术印刷有限公司
开　　本　787mm×1092mm　1/32
印　　张　6.75
字　　数　100千字
版　　次　2016年1月第1版
印　　次　2016年1月第1次
定　　价　32.00元

目 录

序

　　法兰西文化电台于2013年7月27日到8月31日播出一档节目，总共6期，通过一年一度"龚古尔奖"评委会讨论并选出和它同名的文学大奖来介绍法国20世纪文坛。

　　本书从这档节目的文字稿出发，进行了深化和扩充，因为广播节目有剪辑，在播出的时候自然也要做些删节；同样也有一些录音资料的文字稿，当年和评委或获奖者的访谈片段，因为这些资料通常尚未为人所知或鲜为人知。

　　不过我们刻意保留了电台播音的特色：它保留了广播的调子，因为它原本就是为一档广播节目量身打造的。

——皮埃尔·阿苏里

① 餐前零食

　　啊,"龚古尔",听上去常常会和"竞赛"这个词①搞混,那就让我们来一探其究竟吧! 如果说法国文化特立独行,那也少不了这个著名文学奖的推波助澜。它和极具法国特色的"文学回归季"密不可分,一年一度,跨上新学期的列车,踩着法国人生活的节拍如约而至。我们的国家不能没有这些调味品,因为它们是法兰西风情和天才的组成部分。没有了它们,就像煎鸡蛋没有撒盐。没有它们很难,因为它们已经是游戏的一部分,各有各的小策略。就让我们先从假装对这个奖不满的牢骚话开始说起吧!

　　无须大费周章去寻找我们独特的、让全世界都神往的文化之根。就像爱伦·坡②"被盗的信"一样,它明明就摆在我们眼皮底下,而我们却偏偏对它视而不见。的确,大家对"文学回归季"都习以为常,就不觉得稀奇了。在英国和美国,有两个出版的黄金档期:一个是秋季,一个是春季。在德国和

---

①法语"龚古尔"(Goncourt)和"竞赛"(concours)发音非常像。本书所有注解均为译注。

②埃德加·爱伦·坡(1809~1849),美国浪漫主义思潮时期重要作家,以神秘故事和恐怖小说闻名于世,是美国短篇故事的先驱者之一,也被尊为推理小说和科幻小说的鼻祖。

其他地方，爱什么时候出书就什么时候出书；在法国，最佳时间是8月底到11月中旬。

如果说这个现象很快就被大众接受，并自然而然地成为一个酷爱文学的国家的传统，它的蓬勃发展还是始于"二战"以后。这和可以上溯到20世纪60年代的大批书籍的涌现密不可分。不管怎么说，不规范也好，泛滥也好，文学回归季的功劳就是把一部分大众的注意力吸引到书上，而不是别的什么……

的确，最初搞文学回归季的人是出于营销目的，对鸡尾酒的兴趣多过对文学本身的兴趣，他们抱怨为什么要花那么大力气去推销书和作者。好也罢，坏也罢，或好或坏，事实就是到处都有人在谈论文学回归季，把新书全集中在这个档期推出，的确让很多人进了书店，也常常让书和他们的作者离开专栏转而成为"头版头条"。

别小看众声喧哗。悉心分析，仔细掂量各种资讯的可信度，所谓的喧哗也会成为一条有用的信息。尽管文学判断往往是很主观的，有多少人因为看走了眼而后悔得要啃手指，忽视了那些很快就被丢进垃圾桶的作者，而他们却最终入围了终选名单……

读者变得越来越有批判精神，他们会警惕地把靠谱的信息和判断从那些姑且不说是精神毒害、人为操纵的胡说八道中剥离出来，这些所谓的"有导向的传闻"，尤其在网上，传来传去成了各种流言蜚语。怎么称呼它们不重要，因为每个人都知道这些或多或少受操控的传闻最终会左右最不受控制的文学现象。保证一本书的成功的秘诀就是：口耳相传。没有什么比这种持续的紧张、从四面八方传来的各种叫嚣和议论更让一个作家不淡定的了。不过，在文学回归季，比成为大众舆论的玩偶或牺牲品更惨的情形就是：不被人关注。

　　当下的文坛，就是一部具体、鲜活、生动的文学史。前者显然是火热的，而后者常常是冷峻的。

　　首先要感谢阿纳托尔·法朗士①，是他提出了"文学回归季"这个说法，还要感谢安德烈·比利②的再次沿用。我们注意到，前者是法兰西学院奖的评委，后者是龚古尔奖的评委。说这两个评委会的成员是当时文坛的顶梁柱一点都不夸张，而且从某种意义上说，半个世纪以后，他们的地位今天依然不可撼动，和某几个酒吧、饭店、沙龙和其他娱乐场所一样经久不衰。

　　谈到文学生活，于连·格拉克③说就像是一场富有仪式感的多姿多彩的盛宴。他说得很对。不过他对评委会里头的各种明争暗斗、各种平衡调解几乎一无所知。这会闹得沸沸

---

① 阿纳托尔·法朗士（1844～1924）：法国作家、文学评论家、社会活动家，1921年诺贝尔文学奖获得者。

② 安德烈·比利（1882～1971）：法国作家，1943～1971年龚古尔奖评委。

③ 于连·格拉克（1910～2007）：法国作家，其创作受德国浪漫主义和超现实主义影响，作品掺杂怪异的内容和充满想象力的意象。他拒绝加入任何文学流派，却被认为是"超现实主义第二波"作家。

扬扬？再好不过！大家越谈论，文学奖就越轰动，看书的人就越多，不仅是看获奖者的书，也看其他入围作家的作品，因为很多书商都会把它们摆在橱窗里。甚至落选的人有可能因为败北的种种传闻而脱颖而出。还是罗兰·道杰雷斯①看得透彻，说文学奖之于文学就像钟声之于教堂一样：敲钟是为了提醒那些心不在焉的人。

文坛当然不是和书相关的各种事物的泡沫。翻译里尔克②书信的菲利普·雅科岱③，极其赞赏这些信件所传达的慷慨和对他人的关注；猜想他在翻译让·波朗④和翁加雷蒂⑤或圣-琼·佩斯⑥之间的通信时肯定很失望；想到这些人的名声和作品的分量，他很失望在他们的书信中只找到对"文学生活"的一丝反映，也就是他们命运中最浅显易见的表面。

文学生活不仅仅只是一个文学奖，而是法国每年颁出的两千多个文学奖。不过龚古尔奖的确最古老、最荣耀、最具影响力、最为世人瞩目。它就像一间回音室，也像一面无与伦

---

① 罗兰·道杰雷斯（1885~1973）：法国小说家，1929~1973年龚古尔奖评委。

② 里尔克（1875~1926）：奥地利诗人。

③ 菲利普·雅科岱（1925~　　）：原籍瑞士的法国当代著名诗人，从20世纪50年代至今一直偕妻隐居法国东南部小城，以翻译为生，是荷马、荷尔德林、里尔克、穆齐尔、翁加雷蒂等在法语世界中的重要译者。

④ 让·波朗（1884~1968）：法国作家、文学评论家和出版人，曾经是《新法兰西杂志》的主编，法兰西学院院士。

⑤ 朱塞培·翁加雷蒂（1888~1970）：意大利隐逸派诗歌重要代表人物。

⑥ 圣-琼·佩斯（1887~1975）：法国诗人和剧作家，1960年获诺贝尔文学奖。

比的镜子。它让媒体聚焦在它身上，不止一次，它以轻松的喜剧调子开场，却以心理剧痛苦的余音收场。

在那里，有摔门而去的，有吵得不可开交的，有互相撕破脸的。专栏记者抱怨说评选结果事前就已经内定了……评委会主席还曾经和诽谤者对簿公堂。放脏话、狠话不是什么罕见的事儿。在文学政治上，有时候毒舌可不少！龚古尔奖的故事是那么生动有趣，都不需要添油加醋。不要期待我会在这本书里做文本分析，我也不会对一个世纪以来评委会预设的审美原则提出独特的见解。何况大家都知道原因，且从来都没受到任何质疑：龚古尔兄弟建议的自然主义传统在有些年份还是多多少少得到了尊重，只要作品与时俱进并符合法国小说变化的潮流。

人们常常言之凿凿地说一本书可以改变我们的人生，这是读者的观点。不过我们忘了说明，一个文学奖会改变一个人的人生，这是作者的观点。改变生活，改变平静的时光，让它变得跌宕起伏，可以是最好的，也可以是最坏的。奖宣布的那一天和之后的几星期，获奖者突然发现自己有了很多朋友，甚至连童年的小伙伴都重现了。奇怪的现象，却很说明问题：获奖消息一宣布，一大笔钱就会让作者走出阴影和遗忘，不管是事还是人，还是各种情谊，都不会怀疑他的存在。从这个角度看到的文学生活，是它有缺陷和狭隘的一面。

话虽如此，让报纸上的见闻记事见鬼去吧！别指望我会准确地记录生卒日期。也别以为我是评奖期间种种小打小闹的记录员，更不是科明尼斯^①。我们对大街上的飞短流长不感兴趣。谁把票投给谁并不会引起人们的兴趣，除非评奖的人或被评的人的作品或行为在文学史上留下过经久不衰的印记。而且，坦白说，就算今天知道亚历山大·阿尔努反对于连·格拉克得奖，或1968年菲利普·埃利亚想力保皮埃尔·希尔凡的《蓝肤色的撒迦利亚》，这又有什么大不了的？抑或还是这一年，雷蒙·格诺^②对西蒙娜·巴拉扎尔的《爱弥儿的故事》情有独钟！不管怎么说，要想在这个大事记中留下不可磨灭的痕迹，就应该在死之前出名，可那么多前途远大的天才都早早地离世了。而且就算都是法定产区的葡萄酒中，也有一些酿得比另一些醇厚。同样，有时候我一笔带过，满足于简单地提一下，而另一些时候，如果值得大书特书，我也会不吝笔墨。普鲁斯特^③在《在斯万家那边》的一个观点在这些时候让我们学会翻篇："在我们的生活中，日子并不是一般短长。为了度日，像我这样天生有些神经质的，就和汽车一样，拥有不同的'速度'。有些日子像峻峭坎坷的道路，要花漫

---

① 科明尼斯（1447～1511）：比利时政治家和编年史家，所著《回忆录》让他成为中世纪最伟大的历史学家之一。
② 雷蒙·格诺（1903～1976）：法国诗人小说家，乌力波（Oulipo潜在文学工场）的创始人之一。
③ 普鲁斯特（1871～1922）：20世纪法国最伟大的小说家之一，意识流文学的先驱，代表作为《追忆逝水年华》。

漫无期的时间去攀爬；有些日子像下坡，可以唱着歌飞奔而下。"的确，文学生活也一样，有些岁月艰难困顿，人们提起来往往一带而过；另一些岁月是那么有滋有味，人们乐意花大把大把的时间去谈论。

对文学奖的批评通常是觉得它们不公平，要么是因为它们把注意力全放在一本书上，对其他书置之不理；要么是因为它们选中的书太烂。公平不公平，这个问题有点荒唐。因为文学上的公平衡量的标准是什么，这跟讨论艺术上的至臻完美一样没有意义。

大家都知道，选择总是武断的、主观的、个人的。文学不像科学那么精确。唯一可靠的判断是看它是否可以传世。但若要依此判断，只有那些什么都不做、什么意见都不说的人才不会犯错。

罗贝尔·埃斯卡皮①在1966年《世界报》的一篇文章中曾经重申："龚古尔奖，它的角逐者和拥趸们自以为可以在一本书出版的时候，根据各种文学奖评委会也在其中的文坛的品位对它做出评判。因此把他们和历史的评判对立起来是徒劳无益的，虽然我们常常都这么做。"

而且，在这些最苛刻、最尖锐的批评家中，哪一个敢冒风险下这样的定论：一部以形式新颖、叙事大胆而轰动的处女作有划时代的意义并流传于世？

---

① 罗贝尔·埃斯卡皮：法国当代文学家、社会学家，提出了"创造性叛逆"的概念。

说实话，没有龚古尔流派，这是好事。出版商不用去迎合某种可能的"特鲁昂风格"，最好的理由就是尽管文学之争的一些策略千奇百怪，但"特鲁昂风格"从来没有存在过；是一届届的评委会适应了法国小说的变迁，既没有对自封的先锋派趋之若鹜，也没有对实验文学或明显在时代潮流风口浪尖的作品特别青睐。或许有些人对雅克·普雷维尔的一句诗特别有感触，那句诗的大意是，如果一直都在风中，那注定会是落叶的命运。

如果评委会是由那些出版社有求于他们的作家组成的，那会比由那些有求于出版社的作家组成的要好。在20世纪20年代，让·阿雅尔贝①被认为是评委会中加斯东·伽利玛②的代言人，他支持这样的观点：如果挣的钱少了，就要把龚古尔奖炒热成一个品牌来填补亏空。当时就已经这么干了！

诽谤？当然有。出卖！腐败！欺诈、阴谋、钩心斗角、不正当交易、拉帮结派，这些都是常常听到的调调，甚至成了报纸上的陈词滥调、老一套。那些诽谤者并不知道论战对法兰西学院其实是有利的，它让学院永葆活力，虽然他们是那么想把它埋葬。当弗朗索瓦·努里西耶③当选评委会主席的时

---

① 让·阿雅尔贝（1863~1947）：法国作家、艺术评论家和律师。

② 加斯东·伽利玛（1881~1975）：法国著名出版人，伽利玛出版社创始人。

③ 弗朗索瓦·努里西耶（1927~2011）：法国作家和记者。

候，和他一起吃午饭的米歇尔·德翁[1]就提醒过他："如果你接受这一任命，你要好几年日子都不好过……"不管怎么说，用还是当了主席的努里西耶自己的话说，真正的危险，并不是行贿受贿，而是无事献殷勤。"几乎可以说，是对我们的攻击让我们保持了继续下去的热忱。"他这样说道。谈到那些大出版社，埃尔韦·巴赞[2]更愿意这样评说："一个巨大的友谊之网织就的无声的力量。"但他还是把友谊当成是沙龙、报纸和评委会的大敌。

原则上说，一个没有金钱烦恼的评委不容易被收买，因为他的发行量或者他继承的遗产足够满足他的物欲。不过20世纪60年代末，法兰西学院的院士十个中有四个穷得要靠国家对文学的资助金过活。对那些被人认为收了出版社丰厚贿赂的作家而言，这好像很奇怪是吧？

因为很难去描述龚古尔奖的评委会，甚至从政治角度去看。法兰西学院长期被认为是右翼的，尽管它的成员有些是左翼分子；而龚古尔奖一直都被认为是左翼的，尽管它的一些评委是出了名的右翼分子。不过这种区分依然存在，这也是文坛的一大有趣特色。

大家都称呼他们为"十人团"。儒勒·瓦莱斯[3]，龚古尔

---

[1] 米歇尔·德翁（1919～　）：法国小说家、专栏作家。

[2] 埃尔韦·巴赞（1911～1996）：法国作家，以半自传性小说闻名。

[3] 儒勒·瓦莱斯（1832～1885）：法国记者、作家、极左派政治家。

奖的反对者,是他最早给评委们起了这个名字,之后就流传了下来:"好吧,两兄弟[1]中活下来的那个正在创立一个和成长奖同样愚蠢的文学奖……什么! 他看不上有四十个成员的法兰西学院,要建一个十人的学院! 不过这个学院比位于艺术桥畔的法兰西学院更愚蠢、更不公正、更软弱、更怯懦。大家指责法兰西学院这个'老姑娘'怀里搂的都是那些平庸、乏味、过气的名人,是衡量平庸的温度计。这也不是什么罪过……"(《觉醒》,1882年7月3日)总是这样:印象派、野兽派、立体派都是反对、诋毁他们的人起的名。龚古尔奖成就了一群优秀作家,和法兰西学院那帮大腕的原则不同,他们遵循的是《梅塘之夜》[2]的自然主义传统,用美酒佳肴来媲美孔蒂码头的金碧辉煌。埃米尔·法盖[3]称"十人团"为"小学院"。为什么不呢? 至少,在这个团体里,既不讲排场,也不讲仪式,还没有团体精神。

餐桌就是他们的办公处。一张圆桌,这一点要说明,因为只有圆桌才可以进行真正的交谈,彼此之间都看得到,听得到。大家的地位都是平等的,从空间布局来看,谁都不是主席。入座开始工作或入座就餐或离席都是非常讲究的;我

---

[1] 指的是创立龚古尔奖的龚古尔兄弟。
[2] 《梅塘之夜》是由六位自然主义作家合出的中短篇小说集,诞生于巴黎郊外左拉的梅塘别墅,由此得名。这六位作家组成的团体也被称作"梅塘集团"。
[3] 埃米尔·法盖(1847~1916):法国作家和文学评论家。

餐桌就是他们的办公处

们的餐桌礼仪往往比我们的话语更容易暴露我们所受的教育、出身和过去。甚至可以通过饮食喜好来勾勒同席者的轮廓。谁正在严格遵守饮食制度；谁对大厨们复杂的调味料敬而远之；谁旁若无人地大嚼大咽；谁总是习惯性地要点别的菜。只有酒是没有争议的，从特鲁昂白葡萄酒的佳酿开始品，这多半应归功于莱昂·都德①，是他说服了大家，使这道佳酿成了传奇的一部分。

　　好了，现在让我们来谈论所有的一切：书籍、作家、评委，甚至，疯狂一点，谈谈出版社，而不去谈论马厩，也不去谈论马驹。

——————————————

① 莱昂·都德（1867~1942）：法国记者、作家，龚古尔奖评委。

别说，从1896年以来走的路还真不短。埃德蒙·德·龚古尔①死后成了一个文学奖的资助者，这个文学奖用了兄弟俩的姓氏来命名。他遗嘱中的一段话对这个奖做了规定：

……我指定我的朋友阿尔封斯·都德作为遗嘱执行者，委托他在我去世之年成立一个永久性的文学机构，这是我和我的兄弟在文学生涯中的毕生愿望：

每年设立一份5000法郎的奖金，奖给一部文学作品；

给每个评委一份6000法郎的年金……

一份终身的年金！多么幸福的时代……与其一门心思要进一门心思不让他进的法兰西学院，左拉还不如跟他们一起午餐，成为"十人团中"的一员呢！至于奖金，足够一个初涉文坛的年轻人以相当于一个公务员的工资来生活两年了。如果你们有一丝疑虑，我马上就可以明确地告诉你们，在21世纪，对我的那些伙伴

埃德蒙·德·龚古尔

①埃德蒙·德·龚古尔（1822~1896）：法国作家、文学评论家、出版人，"龚古尔学院"的创始人。

们和我所付出的辛劳,除了特鲁昂饭店提供的每月一次的午餐,没有任何别的报酬,不过的确得承认午餐很棒。就像是做义工,但还算不上是做慈善。也不能太夸张。在贬值、通货膨胀和投机之后,年金早已不翼而飞。至于获奖者的那5000金法郎,也成了一张可怜兮兮却无比高贵的50法郎的支票,之后成了10欧的支票,不过这个问题不大,因为一旦得奖,他的小说保证能卖到10万到50万册。

那评选规则还有哪些?9月和10月要有三次初评。学院(哦,这个说法太沉闷,我更愿意用它最初的名字"龚古尔文学社",它散发着曾经给过兄弟俩灵感的马尼晚餐的香味,怎么说呢,并没有那么学院派!)选中的评委,每个月的第一个星期二都要聚在一个饭店里一起午餐。他们应该是独立的、非学院派的小说家。别忘了龚古尔兄弟当初成立他们的文学俱乐部是反对黎什留的法兰西学院,而这种精神一直延续至今。也不要忘了,对那些一定要把所谓不正当的交易评出的龚古尔奖得主钉在耻辱柱上的人而言,这样一个团体到底有没有分量,那全看不同时期、不同形势下评委会的水平了。

来,开饭了!

② 头道菜

约翰–安托万·诺，一个四处游荡的人

1903年

第一个龚古尔奖于12月21日颁出。乔里–卡尔·于斯曼[1]领导这群像新信仰、新皈依的教徒一样虔诚的作家，这群刚当选的评委，他们因为自己肩负的使命而激动。《逆天》的作者[2]希望评委们选鹅毛笔出版社出版的《敌对势力》（约翰–安托万·诺著）。这是四处游荡的人，就是没在巴黎久住。他在圣特罗贝出生，之后隐居在瓦尔省的乡野，丝毫没有想要出名的念头，不过他的好友和粉丝费讷隆[3]为他张罗了一切。有几个评委记得曾经在《白色杂志》的目录上见过他的名字，不过仅此而已。总共有三个记

①乔里–卡尔·于斯曼（1848～1907）：法国小说家，西方现代主义文学转型期的重要作家，象征主义的先驱，主要作品有《逆天》、《该诅咒的人》、《起航》等。

②指乔里–卡尔·于斯曼。

③菲利克斯·费讷隆（1861～1944）：19世纪后期法国艺术评论家。

者跑到饭店从女收银员的嘴里打听评奖的结果。

1904年

龚古尔奖首次获得巨大成功，在一般小说只能卖出5000册的时代，莱昂·弗拉皮埃的《幼儿园》卖出了44万册。大家都说是这本小说炒热了龚古尔奖，而不是反过来。

报纸对此也有报道，不过谈得更多的是文学盛宴。也提到为什么没有女性——评委和入围作家中都没有女性。

1905~1910年

1905到1910年，一种趋势渐渐明朗。看看你是不是能揣摩出来：克洛德·法雷尔①的《文明人》、塔洛兄弟②的《丁格雷》、埃米尔·默塞利的《洛林土地》、弗朗西斯·德·米奥曼德尔的《水上书》、马利尤斯和阿里·勒布隆③的《在法国》、路易·佩戈的《从古皮尔到玛戈》……它们

1907年得主埃米尔·默塞利

---

① 克洛德·法雷尔（1876~1957）：法国作家，1935年任龚古尔奖评委。
② 塔洛兄弟（热罗姆，1874~1953；让，1877~1952）：两人合著的《丁格雷》获1906年龚古尔奖，并分别于1938年和1946年当选法兰西学院院士。
③ 马利尤斯（1880~1953）和阿里·勒布隆（1877~1958）：两人是堂兄弟，均为法国作家和艺术评论家。

1908年得主米奥曼德尔

的共同之处？纪实的旅行，在遥远或附近的地区。两个殖民主义激进分子，马利尤斯和阿里·勒布隆，曾两次入围龚古尔奖，他们合写的《在法国》讲述了留尼旺省一个克里奥尔①青年在拉丁区的不幸遭遇。不是说这本书不配得奖，但想到年轻的让·季洛杜也入了围而评委却没有把奖颁给他的处女作《外省人》，尽管纪德关注了这本书，儒勒·列那尔②也极力推荐……显然，事后去评说很容易。1910年，情况更糟。因为"十人团"很有品位地把阿波利奈尔③的《异端派首领和公司》和科莱特·威利④的《流浪女伶》都选进了入围书单，但最后却把奖颁给了动物小说家路易·佩戈。这就像龚古尔奖在最初那段时间里一样：如果它不是对纪实小说情有独钟，就是对地方小说或者说乡村小说充满好感，并不是钟情于它们的形式，而是它们所表现的主题。说到底，是对"深久的法兰西"⑤的某种认同，尽管这样的作品也不乏精彩之处，但毕竟不够水准。

① 专指安的列斯群岛等地的白种人后裔。

② 儒勒·列那尔（1864～1910）：法国现代小说家、散文家、戏剧作家。

③ 阿波利奈尔（1880～1918）：法国诗人，著有《醇酒集》、《图画诗》等。

④ 科莱特·威利（1873～1954）：法国女作家。

⑤ 深久的法兰西（La France profonde）指永恒的法兰西心理文化和人口地域，代表了法国文化中最恒久不变的部分，长期传承、积淀下来的思想、习惯、传统等。

那么评委方面呢？1907
年，儒勒·列那尔来参加第三
次聚餐。不如直接说他是一
个新手。他不错过好戏的任
何一个细节，他的《日记》是
一场场闹剧的纪念碑，和龚
古尔兄弟的日记相比，同样犀
利，但因为没有酸味而显得更
有趣、更辛辣，也更丰富。这
次晚餐结束后，他在提到所
有出席晚宴的人时这样写道：

马利尤斯和勒布隆普两次入围，1909年终于
如愿

"玛格丽特和布尔热不在，
不过我只在晚餐结束时才意
识到这一点。如果跟罗斯尼[①]
谈科学，跟德卡夫谈巴黎公
社，跟米尔博谈布尔杰，跟杰
弗瓦[②]谈他的戏剧《学徒》，
跟艾尼克[③]谈无关紧要的事
情都还挺惬意的。"

1910年的龚古尔奖颁给了动物小说家佩戈

① 罗斯尼：原籍比利时的法国作家，是科幻小说的奠基人之一。他的弟弟也是
作家。两人都当过龚古尔奖的评委。
② 居斯塔夫·杰弗瓦（1855～1926）：法国作家、记者、历史学家，龚古尔学院
十大创建者之一。
③ 这里指的应该是雷翁·艾尼克（1850～1935）：法国作家。

啊，文学大家庭！想想当时报纸给朱迪特·戈蒂耶[①]（泰奥菲尔·戈蒂耶的女儿，龚古尔奖首位女评委）起的绰号"装腔作势的讨厌鬼"就知道了，但这个绰号比起儒勒·列那尔对她的描写还算客气的（最讽刺的是，她顶的正是他第二席评委的缺）："一个肤色黝黑的老女人，暴躁，恶毒，戴着粉红色的帽子，就像一头参加竞赛的奶牛。"

那时候，吃的还是晚餐而不是午餐，而且还没有在特鲁昂饭店吃；不在歌剧院广场大饭店的"婚礼厅"，也不在交易所广场的香波饭店，而是在距离那里不远的巴黎咖啡馆，还是在歌剧院附近。如果知道那晚他们都喝了什么一定会很有趣，儒勒·列那尔在《日记》中描述说，他们在晚餐结束时提出了几条革命性的建议：向公共事务部长路易·巴尔杜[②]要求，让"十人团"享受邮寄和电报半价的待遇；给儒勒·瓦莱斯未出版的作品结集出书，封面上要打"龚古尔学院出版社"的字样；给评委会十个成员出一套丛书，收录每个人的代表作，就像诺贝尔文学奖入围作品集一样，让文学旗帜鲜明地出现在大众的视野中……如果这是真的，你们怎么想……

---

① 朱迪特·戈蒂耶（1845～1917）：法国作家。

② 路易·巴尔杜（1862～1934）：法国第三共和国时期的政治家，1913年曾任了八个月的法国总理。

1911年

　　轮到夏多布里昂[①]的《德·鲁尔迪纳先生》获奖,这本书受到克莱蒙梭的热捧,他给评委会发了一封电报。据记载,从未见过这么赤裸裸的施压,虽然前内阁主席当时已经做了很长一段时间的记者和演讲人。这也不能一锤定音,因为总共要投七轮。不过怎能不注意到,与此同时,报纸对瓦莱里·拉尔博的《菲尔米娜·马尔盖》、儒勒·罗曼的《某人之死》、让·季洛杜的《冷漠学堂》都有过很多赞美?

1912年

　　先提到于连·班达的名字,之后是莱昂·都德的名字——最终让某个叫萨维尼翁的作家凭借一本关于莱昂–保尔·法尔格的传记《雨的女儿:韦桑岛[②]生活即景》收获大奖。

萨维尼翁

莱昂–保尔·法尔格

---

①阿尔封斯·德·夏多布里昂(1877~1951):1923年获法兰西学院小说大奖。
②法国岛名,在布列塔尼以西。

1913年

　　罗杰-马丁·杜·加尔①想得龚古尔奖，而且丝毫不掩饰他的野心。他重获自由，跟格拉塞解约，签给了伽利玛出版社，希望自己的小说《让·巴鲁瓦》能得奖，个人的原因有：他出生在一个法官和证券经纪人的家庭，希望通过这个奖来和他的出身划清界限。他的家庭不能原谅他选择了夏尔特学院而没有选法律学院；而且，他属德雷福斯派，思想自由，立志投身文学，这些都是他冠冕堂皇的理由。马丁·杜·加尔认为，如果把龚古尔奖颁给他，他就可以在家人眼中重获尊重。

普鲁斯特的卧室

① 罗杰-马丁·杜·加尔（1881~1958）：1937年诺贝尔文学奖获得者，由于他花了20年时间创作的系列长篇小说《蒂博一家》中"所描绘的人的冲突及当代生活中某些基本方面的艺术力量和真实性"。

但他距离得奖还远得很！

评委们在《大摩尔纳》和莱昂·维尔特的作品之间相持不下，而且还有一票执意要投给瓦莱里·拉尔博。讨论进行得热火朝天，持续了好久，罗斯尼老兄现在又开始谈论一本意义非凡的书——《在斯万家那边》，不过这本书完全没有机会获奖，因为它的作者并没有报名参评，而按规定是需要报名才有资格参评。这个人那就是在玛德莱娜·勒梅尔[①]夫人家的沙龙上露过几次面的马塞尔·普鲁斯特。和传得沸沸扬扬的流言相反，当时没有一票投他，后来这些传闻都被传记作家乔治·D.潘特[②]写进书里。

最终，在第十一轮，马克·埃尔德的《海上人家》在持续三小

埃尔德的《海上人家》在持续三小时的讨论之后获奖

MARC ELDER
LE PEUPLE
DE LA MER
22 BOIS ORIGINAUX DE RENEFER

LE LIVRE DE DEMAIN
ARTHÈME FAYARD & Cⁱᵉ ÉDITEURS PARIS

PRIX : TROIS FRANCS

《海上人家》法文版书影

---

① 玛德莱娜·勒梅尔（1845～128）：法国女画家，是她把普鲁斯特引入巴黎的上流社会。

② 乔治·D.潘特（1914～2005）：英国作家，以写普鲁斯特传记而闻名。

时的讨论之后获奖。作者病得很重，所以要赶紧把奖颁给他。不到几小时，大街小巷和巴黎的咖啡馆里就在谈论这个奖了！的确，龚古尔奖早就让人心向往之，也很早就充满激烈竞争，受到各种议论。但它很快就站稳了脚跟，并成了一年一度的文化盛事。

③

大鱼大肉

1915年的龚古尔奖颁给了邦雅曼

1916年巴比塞的《火线》脱颖而出

1914～1916年

重大日子! 1914年10月31日,"十人团"首次相聚在位于加永广场的特鲁昂饭店。在此之前,评委们就常谈论文学和美食。如果留意一下"十人团"办公地点的搬迁次数,就会发现,龚古尔文学奖的历史其实就是一段餐桌和台布的更换史。之前的搬迁是因为餐厅太大或太小,抑或因为餐厅倒闭。特鲁昂饭店则一直延续了下来,或者说是几乎。

迫于时局,毕竟是战事①刚起,沉溺于文坛的种种把戏就显得不合时宜。次年要一下子颁两个奖,但由于文学作品的数量少,

---

① 指1914年爆发的第一次世界大战。

而且很多作家都上了前线，所以只颁了一个，给了勒内·邦雅曼。毫无疑问，接下来的龚古尔奖会青睐复员的作家笔下的战争文学。1916年的情形便是如此，亨利·巴比塞的《火线：一个步兵班的日记》脱颖而出。

1917年

季洛杜没有获得龚古尔奖，因为他已荣获另一个文学奖并领取了2.5万法郎的奖金。20年代也发生过类似的事情，评委会没有将重量级角逐者加斯东·谢罗纳入考虑，理由是他不需要这笔奖金，因为他享受着5.2万法郎的年金。只能说季洛杜运气不佳。评委会也没有把奖颁给乔治·杜阿梅尔，他既没有荣获其他任何奖项，也没有领取任何奖金（不过

1917年最终夺得龚古尔奖的是马勒布

1918年杜阿梅尔的《文明》终获龚古尔奖

1918年杜阿梅尔的《文明》终获龚古尔奖，作者目睹了伤员的痛苦并写入书中，以笔名出版）。最终夺得龚古尔奖的是亨利·马勒布。《火焰在握》是阿尔班·米歇尔出版社出版的第一部荣获龚古尔奖的作品。这是一本唯美主义者所著的关于战争的书，法兰西喜剧院的秘书长变成了炮兵军官，他以报道战争前线的恐怖为己任。经历过战争的作者想向所有人宣告，人必定会从战争的阴影中走出来，法国人会获得新生——从战争中走出来的那一天就是新生之日。

　　第十席评委吕西安·德卡夫的脾气是出了名的，总的来说，就是脾气很大、易怒，他支持的古尔特林纳[1]未被选中接替米尔博[2]的位子，德卡夫对此不满，但又拒绝辞职。自此以后，他终日与自己的孤傲为伴，独自在一楼设桌办公，让服务员把自己的选票送上楼。在这儿悄悄说一下，尽管德卡夫性格不好，我还是很喜欢他的，因为我每个月都要用他曾经用过

---

① 乔治·古尔特林纳（1858～1929）：法国戏剧家和小说家。
② 奥克塔夫·米尔博（1948～1917）：法国作家、评论家和记者，龚古尔奖第三席评委（1900～1917）。

的餐盘吃饭①。要知道，我现在用的可是他的刀和叉。德卡夫是历任第十席评委中的第一位，也是在任时间最长的一位：连续45年！这套餐具多少也保留了一点他的气质吧！

1919年

罗兰·道杰雷斯时年34岁，自愿参战长达50个月：完美的履历。他的作品《木十字架》充满真理的光芒，如同布满炸弹的碎片。人们相信这本书是作者亲身经历、亲眼看见之作。作者想写的既不是小说也不是随见录，而是对现实的再创作。这本书一一展现了战士们所经历的重重考验，读者如潮。在书中，道杰雷斯用一支虚构的军队让战争重演。结果却令人心碎，至少就剩下的部分而言。因为审查时一些段落甚至章节被全部删去：不能写法国士兵实行掠夺，也不能写精疲力竭的士兵因拒绝巡逻而被枪决……后来这些段落被恢复了。道杰雷斯真正的雄心不是要讲述他编出来的战争，而是真正的战争。该书印了一万册，一夜爆红。眼看就要踏上获奖之路！大家都心知肚明：这个奖就是龚古尔奖。

《人道报》公布了入围龚古尔奖的作品名单：三十来本小说，有点太多了。道杰雷斯榜上有名，普鲁斯特却无缘上榜。然而，真正的角逐将在他们两人之间展开。

加斯东·伽利玛作为一个新生出版社的领头人，数年来在走向龚古尔奖的道路上做过几次低调的尝试。他先后

---

① 作者自2012年起成为龚古尔奖第十席评委。

推出过法尔格和拉尔博。这一次，伽利玛相信普鲁斯特可以夺魁。

若说马塞尔·普鲁斯特觊觎龚古尔奖，那真是太轻描淡写了。为了达到目的，他制订了一整套策略：在普雷·加特朗饭店吃午餐，在丽兹酒店①吃晚餐，频繁的书信往来，发挥朋友圈的作用。罗贝尔·德·福莱尔斯②、雷纳尔多·阿恩③、路易·德·罗贝尔④、罗贝尔·德雷福斯受普鲁斯特之托参加应酬，以笼络两位最谨慎的评委——雷翁·艾尼克和吕西安·德卡夫。至于莱昂·都德、小罗斯尼和亨利·塞阿尔的选票，普鲁斯特知道非他莫属。

《木十字架》的支持者们并没有放弃。他们坚信把奖授予普鲁斯特违反龚古尔奖遗嘱的精神，因为普鲁斯特年纪太大了。莱昂·都德马上把他们驳了回去，认为，把龚古尔奖遗嘱所要求的"颁给年轻人和独创性的天才"理解成获奖者必须是年轻人实在是过于狭隘；再说了，48岁的新晋作家普鲁斯特难道不是标新立异的天才吗？普鲁斯特还是莱昂·都德的弟弟吕西安·都德的挚友，若说莱昂·都德的鼎力相助是念及手足之情也不足为奇。

① 被誉为"世界豪华酒店之父"，建于1898年，位于巴黎1区的旺多姆广场北侧。
② 罗贝尔·德·福莱尔斯（1872～1927）：史称福莱尔斯侯爵，法国作家、剧作家。
③ 雷纳尔多·阿恩（1874～1947）：法国晚期浪漫主义作曲家，1945年成为巴黎歌剧院指挥。
④ 路易·德·罗贝尔：法国作家，1911年获费米娜文学奖。

普鲁斯特凭借《在少女们身旁》获得龚古尔奖，引得一些左翼媒体讽刺挖苦这位令人生厌的上流社会人士。啊，这个普鲁斯特！读者们必须明白，他可不是为稻粱谋而写作的作者。他的作品和马拉美的诗一样深奥难懂。另外，他确实很富有，而且年近五十。不是这样的，真的不是。也有许多

普鲁斯特难道不是标新立异的天才吗？

杂志，其中有一些并不是右翼杂志，都赞扬他是记录一个正在分崩离析的社会的天才。

幸好有莱昂·都德，这一次还是他在《法国行动报》头版高调宣布一位新晋实力派作家出道的好消息，并做出预见性的总结："任这带着短促火焰的金棕色洪流自由奔腾吧！你们将会看到它建造的宫殿。"在"十人团"的圆桌会议上，他说得更直白：不把选票投给普鲁斯特就好比斯丹达尔不被他同时代人认可一样。丝毫不差。因此，帮助普鲁斯特获得选票之后，莱昂·都德一逮到机会就强调这是评委会的共同选择，不是某成员的个人选择。

龚古尔奖评委围坐在餐桌前

阿尔班·米歇尔①自己作死，为《木十字架》加印了腰封"龚古尔奖（字体特别大）十票得了四票（字体较小）"。伽利玛被这投机取巧的行为惹怒了，阿尔班·米歇尔因此受到法院传唤，被判向伽利玛赔偿两千法郎作为补偿。君子报仇十年不晚，耐心等待三年之后，加斯东·伽利玛以牙还牙：儒勒·罗曼和龚古尔奖失之交臂，亨利·贝罗因获得评委会主席的一票抵两票最终夺奖，伽利玛当着亨利·贝罗的面，为儒勒·罗曼的作品《吕西安娜》加上腰封"龚古尔奖十票得了五票"，让无数读者困惑不解。

后来当选为龚古尔奖评委会主席的罗兰·道杰雷斯坦言：

① 法国阿尔班·米歇尔出版社创始人。

"我在1919年龚古尔奖的角逐中败给了普鲁斯特，这是我一生中最大的幸事。如果我战胜了普鲁斯特，人们永远都不会原谅我！"如果战胜了普鲁斯特，他可能一辈子都会被人们谴责是他让普鲁斯特忧郁而死。道杰雷斯庆幸自己的失败，但我们不得不承认，此次角逐反而为这位输家增添了荣誉。然而他不知道《木十字架》如此成功，以至于他的其他作品都黯然失色：《木十字架》像十字架一样至死都压在他的肩上。

后人应该也不会原谅1919年的其他角逐者——特塞尔斯特万、爱德华·施耐德、亚历山大·阿尔努、弗朗西斯·卡尔科、勾芒·埃塞、阿岱·埃柔希波维西、提塞朗、皮埃尔·格拉塞、格朗德维耶、莱昂·维尔特、让·季洛杜（对，季洛杜也在内），如果他们夺走普鲁斯特的龚古尔奖，因为他只剩三年时间可活了。《追忆似水年华》之所以能获得巨大成功，伽利玛出版社的功劳是次要的，主要应归功于龚古尔奖。话又说回来，即使没有龚古尔奖，该作品和作者还是会得到几乎同样的荣誉。各位有足够的想象空间去自行阐释"几乎"这个词到底蕴含着什么含义……

有小道消息说，1919年的龚古尔奖颁给了一位不为公众所熟知的上流社会知识分子，而不是一位参加过"一战"的作家。消息已经放出，且看公众对他的书做何评判。

战后开启了文学奖的新时代。1919年以后，论战日益激烈，各怀鬼胎的出版社压力也越来越大，颇有一触即发之势。真的，不仅是商业竞争越来越激烈，当编辑们报道九月"文学回归季"的八卦新闻时，报纸也在煽风点火。

这位受害者叫佩罗雄

1920年

如果说和普鲁斯特竞争龚古尔奖十分困难的话，那么想在他之后获奖也绝非易事。人们永远不会想到下一位获奖者所承受的痛苦，这位可怜的作家注定活在前任龚古尔奖得主的阴影下。这位受害者名叫艾尔内斯特·佩罗雄，是尼罗[1]的一位小学教师，他的作品《奈纳》讲述一位可怜的农村妇女，临死前因无法再照看主人家的孩子而感到绝望，故事十分感人，但是怎能避免把它与《追忆似水年华》拿来做比较呢……

1921年

这一年的龚古尔奖引起轩然大波。奖颁给了34岁的勒内·马朗，这是凭借真正的黑人小说《巴图阿拉》脱颖而出的第一位黑人作家。他对殖民恶行的揭露激起了右翼媒体记者的怒火，小说的序言确实是对殖民者的严正控诉。作为非洲阿尚博堡的殖民事务行政官员，勒内·马朗对这些知根知底。

————————————
①法国中西部城市。

在与雅克·夏尔多纳的《喜歌》的角逐中，他的作品多亏了评委会主席的一票抵两票才夺得龚古尔奖。一位支持雅克·夏尔多纳的专栏记者对此给出解释："这符合目前偏爱黑人艺术的龚古尔审美。"龚古尔审美！……不管是什么！这位专栏记者称，这是"十人团"中的左

第一位获龚古尔奖的黑人作家勒内·马朗

翼评委对前一年为《奈纳》授奖的报复。龚古尔学院评价说："这个奖代表我们对各种形式的游说、奔走、推荐、阴谋的憎恶。《巴图阿拉》的编辑从来没见过这本书的作者……龚古尔奖得主们获奖之前不曾见过我们，获奖之后也不会再见到我们，他们也不再那么受关注。事实上，我们希望打击了极个别小说家，他们为了迎合我们的意愿而出书，却无缘得奖，于是每年同一天都会叫嚣我们的选择无非是又一个错误，我们过去错了将来还会再错下去。"

勒内·马朗：我想我8岁起就开始作诗了。从记事起，我就想把《罗兰之歌》①改写成诗歌。我最早的诗发表在波尔多地区的杂志上，那时我16岁。与其说我是散文家不如说我是诗人。正因如此，人们才会在我

---

① 《罗兰之歌》：法国英雄史诗，中世纪武功歌的代表作品。

黑色的作品中找到这么多白色的诗句。（法国广播电台，1950年9月30日，国家视听研究院档案）

1922年

荣获桂冠的贝罗喜欢吃布雷斯鸡

亨利·贝罗比儒勒·罗曼更受欢迎，贝罗的《磺月》和《肥胖者的苦难》都可作为获奖作品，而儒勒·罗曼的《吕西安娜》精神分析的内容实在太多了。还没算上凯塞尔、马丁·杜·加尔、热纳尔……荣获桂冠的贝罗喜欢吃配松露的布雷斯鸡①，但他不在场——那时获奖者还不能和评委们一起分享美食。这位出身富贵的大记者被大肆报道，他有个绰号，叫"领工资的闲逛者"，这可不是浪得虚名，他回忆漫长的记者生涯的作品也以此命名。他曾被《小巴黎人报》外派到雅典，因此获奖的消息传到了雅典。他的两部作品共卖了44万册。

这一年设了一个新的文学奖：巴尔扎克奖。也就是说，以前没出过小说的无名作者可以得到两万法郎。这一时期每年出版大约400部长篇小说、中短篇小说和散文作品，相当于龚

---

① 布雷斯鸡：法国东部布雷斯地区的鸡种，鸡冠鲜红，羽毛雪白，脚爪钢蓝，与法国国旗同色，被誉为法国的"国鸡"。

古尔兄弟那个时代出版量的八倍。既然军火商巴希尔·扎哈罗夫为巴尔扎克奖提供资金，何乐而不为呢？但是人们从来不叫它"巴尔扎克奖"，因为贝尔纳·格拉塞用他一贯的微妙手段慢慢渗入，然后毫不迟疑地将之占为己有。他把自己的房子供秘书处使用，承诺为幸运的获奖者出版作品，但只给一万法郎的奖金，并成功将保罗·布尔杰推为评委会主席，将埃德蒙·雅路和丹尼尔·哈列维推为评委。一切都清楚地表明，格拉塞是这件事情唯一的受益者。怨声载道。面对这个竞争对手，让·阿加尔贝尔用一句话概括了"十人团"的态度："就让这位资助者撒尿去吧，只要不冲着特鲁昂饭店的墙就行了。"

1923年

吕西安·法伯尔，过去是火车司机，后来成了洛林·迪特里希公司的工程师。他凭借《拉伯韦尔或瘟疫》从蒂埃里·桑德尔和欧仁·马桑手中夺得桂冠。评委们围着桌子吵了十分钟，吵得很凶。

令人奇怪的是，《喜剧》杂志的一篇文章称吕西安·德卡夫呼吁解散龚古尔奖评委会；事实上，德卡夫这么说过，但绝对没有写下来。他确实经过深思熟虑，大家都明白他的意思，但是

火车司机法伯尔

为什么要解散呢？因为他觉得，自那时起，已经不可能再依照遗嘱的规定把奖颁给年度最佳小说，没有人能在一年内读完400本小说。德卡夫的呼吁被驳回，一些爱开玩笑的人建议他不如辞职，这样才能保持行动与思想的一致，或者认同"十人团"的存在不是为了评出年度最佳小说（这并没有什么意思），而是为了评出一本好小说——就对得起他们的辛劳了。

1924年

大家在谈论莫里斯·热纳瓦、亨利·德·蒙泰朗、菲利普·苏波、艾玛纽埃尔·勃夫、约瑟夫·德尔泰伊，最终却是蒂埃里·桑德尔凭借《忍冬》夺得龚古尔奖。唉，可悲啊，如今再回顾，我们当然知道，《忍冬》是那批文学作品中唯一没有给人留下任何印象的。

桑德尔的《忍冬》是那批文学作品中唯一没有给人留下任何印象的

1925年

这一年对伽利玛出版社来说是重要的一年，至少成功推出4本书：安德烈·布克莱、让-里查·布洛赫、亨利·德贝尔利和皮埃尔·德里厄·拉罗歇尔的作品。但这些还不足以战胜莫里斯·热纳瓦。热纳瓦的《拉博利奥》讲的是索洛涅地区一个偷猎者的故事，最终荣获龚古尔奖。可以说，是他耗尽了对手们的精力，因为他经常出书并且经常被提名，尽管在公众中间和评论界都引起相当的热情和崇拜，但每次都徒劳无功，无缘大奖。另外，不为世人熟知的是，这位无可指摘、被广为称颂的作家不仅深谙写作，语言优美，还是参加过"一战"的老兵。再者，评委会主席还不忘提及这位获奖者在战争中受过重伤以及辍学的经历。这招来雷奥托的讥讽，他可从不错过这样的机会："这不是龚古尔奖，而是道德奖。"

这一年的获奖者是参加过"一战"的老兵

1926年

坦率地说，相比贝纳诺斯的《在撒旦的阳光下》，还是更喜欢亨利·德贝尔利的《裴德尔的苦恼》。

真正的赢家是大家没有提到过的贝德尔

1927年

11月份评委们在特鲁昂酒店谈论哪些作者呢？小心听好了，可有一大批：赫伯特·威尔德、安德烈·布克雷、皮埃尔·安堡、马丁·莫里斯、安德烈·尚松、罗贝尔·瓜普雷、让·道尔塞纳、茹格雷兄弟。还有马塞尔·茹昂多的《普雷当斯·欧特肖姆》和马克·奥尔朗的《雾码头》。而且，怎么能忘记贝纳诺斯的《诈骗》呢？尽管莱昂·都德对贝纳诺斯当神甫的经历感到不满，但他仍极力支持这本书，恳请贝纳诺斯少写一点和宗教相关的内容。真正的赢家是大家没有提到过的莫里斯·贝德尔，他凭借一本描写挪威风俗的小说《热罗姆，北纬60度》荣获龚古尔奖。真正关于挪威风俗的教学案例。他不认识文学圈子里的任何人，他的手稿甚至不是通过邮局寄达的。有一天，他晃荡到拉斯帕耶大街上的伽利玛书店，买了德尔泰伊的书和莫朗的新书。付钱的时候，他幼稚地问收银员："您认不认识一位对奇思妙想感兴趣的出版商……""对什么感兴趣？""我有一份手稿，但我不知道该把它交给谁。"收银员建议他把手稿留给书店经理罗兰·索西耶，索西耶把手稿转交给了出版部门。几个月以后，令他大为惊喜的是，他收到来信，说他的书将要出版。过了不久，他更惊喜地得知他的小说获得了龚古尔奖。

同年11月，评委们还为另一件文学盛事忙活，但不是在特鲁昂饭店。离特鲁昂饭店很近，在米修迪埃尔剧院：极具巴黎风格的一流剧院，文艺界名流云集。剧目：爱德华·布尔德的四幕喜剧《刚刚出版》。主题是什么？从写书到出版，某文学奖的历史及黑幕。金钱与阴谋的把戏，说些故作风雅的话，让人误入歧途。要多有趣有多有趣，要多尖刻有多尖刻。当然，大家通过剧中人物莫斯卡和沙米雅尔认出了贝尔纳·格拉塞和加斯东·伽利玛这两位钩心斗角、相互剽窃的出版商。让人明白巴黎出版界绝不仅仅是一出短戏剧那么简单。

1928年

龚古尔奖颁给了康斯坦丁-韦耶。多亏了评委会主席的投票一票抵两票，韦耶的《一个留恋过去的人》脱颖而出。吕西安·德卡夫每轮都把票投给勒内·比才。《法国行动报》不知疲倦的斗士莱昂·都德从布鲁塞尔寄来选票，出于非文学因素，他正在布鲁塞尔流亡。获奖小说两个月印刷量达10万册，现在增加到15万册，而作者之前的小说印刷量从未超过1000册，20年代末谁还敢质疑龚古尔奖的影响力？

阿尔朗写了一个大部头

1929年

马塞尔·阿尔朗的《命令》荣获龚古尔奖，这是一部三卷本、500页的大部头小说。支持布莱斯·桑德拉尔《当·雅克的忏悔》的只有一票。

安德烈·比利评论——他的评论不只针对此事："桑德拉尔的灵感比阿尔朗更自由，这原本应该让桑德拉尔更能取悦加永广场的评委。但如果认为这两位作家有某种相同的审美，那就错了，龚古尔奖授予文笔细腻的散文家阿尔朗而不是狂放的桑德拉尔，这足以证明，假如真的还存在龚古尔精神，那它也是随心所欲的，令人质疑的。"

格拉塞饱受排挤之苦，当让·季奥诺凭借《山丘》获得布伦塔诺文学奖（同时得到了一张三万法郎的支票）时，他毫不犹豫地在书上加了印有"美国的龚古尔奖"字样的腰封。"十人团"觉得这样做太过分，但格拉塞毫不理会。

至于评委方面，《木十字架》的作者罗兰·道杰雷斯被选中接替他的良师益友古尔特林纳，这说明龚古尔学院并不记仇。道杰雷斯自称是信奉基督教的无政府主义者，喜欢故弄玄虚，大家都觉得这是一种自嘲。

1930年

安德烈·比利的评论很有效。他1956年出版的《文学生涯的故事》，是让人在文学国度的丛林里找到方向的绝佳指南。他做出必要的反思后认为，"十人团"在30年代稍稍有些走偏，不是特别青睐职业作家。这似乎是外界强加给

《马来西亚》的作者福科尼埃

他们的压力。他们有意寻找远离巴黎或法国本土的知名度不高的作家，海军军官或殖民地官员，哪怕他们的作品并不特别出挑。1930年，"十人团"选择了亨利·福科尼埃的《马来西亚》，一部描写一个老种植园主的纪实作品，而不是安德烈·马尔罗的《王家大道》。其他作家也获得支持票，尤其两位年轻的小说家，在十年之后的战争中①分属两个截然对立的阵营：未来抵抗运动的成员让·普雷沃和附敌分子②阿兰·洛布罗。

上一年的龚古尔奖得主马塞尔·阿尔朗又向他的出版商交了新作，书名是《天蝎座》。他之前的小说很厚，这次的新书很薄。失望的加斯东·伽利玛回复道："哎，马塞尔，这只是一本小册子，您给我的只是一首诗……""这才是我应该

① 指1939年爆发的第二次世界大战。
② 指第二次世界大战期间与敌人合作者。

写的。"作者这样回答，没做任何解释。"好，好，您想怎么样就怎么样吧！您是自由的。"就这样。而莫里斯·贝德尔却在1927年获得龚古尔奖之后的十年里，几乎每年都会给伽利玛一本新书。从中可以看出因人而异，没有规律。不管怎样也无法阻止出版商在文学奖的光环下悄悄地蓄势待发。

1931年

皮埃尔·博斯特、居伊·玛兹里纳和让·史隆伯杰的小说反响热烈，尤其是圣埃克絮佩里的《夜航》。让·法亚尔凭借《相思病》敲响了龚古尔奖的定音鼓，他是出版商法亚尔的儿子。让·法亚尔的语言很糟糕，人们说他的《小白炮士兵》还没有他父亲那份让几位评委受益的合同写得好。但什么都无法阻挡他进入公众的视野，最支持让·法亚尔的莱昂·都

小法亚尔得奖后就
写不出好东西了

德打来电话宣布得奖的消息。受到这次意外的认可之后，这位作者的写作才能就此消失了。不知道龚古尔奖是鼓励了他还是摧残了他，不过，让·法亚尔继承了父亲的出版事业。

这是加斯东·伽利玛发起的一次挑战，他成功挑选了四本很有竞争力的书，打上"NRF"的标志，这样一来更是煽风点火。贝尔纳·格拉塞一直等着找一个借口，他感到时机来了，便在1931年10月、11月的《新文学》杂志上发起关于龚古尔奖作用的论战。为了一纸荣耀！他掷地有声。要知道，他可不是想要取消龚古尔奖这个他已经错过六年的"障碍赛"，只是想减弱它的影响力而已，他觉得龚古尔奖的影响力有点过大了。格拉塞确实感到在宴会上被排挤，不用说伽利玛了，连阿尔班·米歇尔都比他更有机会成为座上宾。其实，在他的策略中，龚古尔奖至关重要。他经常这么说："成功推出一本书，可以赚十年！"因此他一头扎进这场混战之中。在众多评委当中与加斯东一世走得很近的让·阿雅贝尔对此做出反击，大家都不觉得惊讶。让·阿雅贝尔阴险地提醒大家，格拉塞出版社每年都会在特鲁昂饭店订一张离"十人团"最近的餐桌，以便能够最快得知"十人团"的决定，格拉塞不停地迈着跟跟跄跄的步子靠近评委们，等等。双方斗得起劲。其实，只要让格拉塞再次夺得龚古尔奖，就足够安抚他一段时间了。

1932年

　　德卡夫重新开始和龚古尔奖其他评委们共进午餐，因为他想帮塞利纳说话。他毫不犹豫地在其他评委圈子发挥自己的影响力，建议勒诺多奖[①]的评委把奖颁给乔治·西默农的《波拉里斯号轮上的旅客》。这是德卡夫最大的心愿，但有时候文学圈的生活就如此任性。

　　那时已经有大量针对《长夜行》的新闻报道，可谓毁誉参半、如火如荼：有人支持，有人反对。虽说如此，尽管有广告宣传以及口耳相传的造势，到了10月底，《长夜行》还是只卖出3000册。文学奖必不可少。像当初帮助普鲁斯特一样，莱昂·都德又投入了这场龚古尔奖之争。这一次他没有选择《法兰西行动报》，而是在《老实人报》上发表《长夜行》。

被怀疑不爱国的塞利纳

发表没多久就有右翼分子指责这位著名的保王派斗士，称这部小说表现出不爱国倾向，都德回应道："谈文学的时候，祖国不值一提。"在他看来，光凭描写纽约、令人浮想联翩的那一章就足以使这部小说收获龚古尔奖；至于其他章节……作为《长夜行》无条件的支持者，都德像13

――――――――――

[①] 勒诺多文学奖：法国五大文学奖之一，创立于1925年，每年与龚古尔奖同时颁发，不设奖金。

年前支持《追忆似水年华》一样，承认只有一点遗憾：缺少对宗教和上苍的关注。他似乎遗憾通灵的状态并未带来超验的感悟。

支持者们扬言，龚古尔奖已经是塞利纳的囊中之物。阿雅贝尔拜访出版商，让他对获奖的事放心，德卡夫也让塞利纳放心，但是谁都不能担保联盟不会变卦，文学界的"克劳塞维茨威"[①]们早就花钱获知了消息。

评委们讨论居伊·玛兹里纳、路易-费迪南·塞利纳、拉蒙·费尔南德、爱德华·佩松、罗歇·韦塞尔的作品各自的长处。临了，玛兹里纳的《狼》在第一轮投票中以六票支持、三票反对（阿雅贝尔、都德、德卡夫）战胜《长夜行》，夺得龚古尔奖。

怒气冲冲的德卡夫决定不再和龚古尔奖的评委们共进午餐。他虽然没有辞职，但和勒诺多奖的评委们走得很近。勒诺多奖的评委们没有看中西默农，却很看好《长夜行》：5000篇文章，5万册印刷量，塞利纳被大肆炒作。

　　居伊·玛兹里纳：翌日，结果刚出来，我翻开报纸看见："龚古尔奖：居伊·玛兹里纳……塞利纳被淘汰……德卡夫摔门而去。"我随后收到由九位评委联名签署的来信。没有德卡夫的签名。他为什么要这样

---

①克劳塞维茨威（1780～1831）：德国军事理论家和军事历史学家，是近代军事战略学的奠基人。

做？一个月前我在《毫不妥协》上看到他为戏剧专栏助威。他问过我想不想找回左拉的戏剧传统。尽管左拉的戏剧不是我的精神家园，但因为龚古尔奖竞争者的身份，我并没有贸然行事。我想搞清楚情况，当我看到他反对，便登门拜访，询问怎么回事。他马上为我在信上签了名。我们十分客气地寒暄，之后，媒体把这封信抢走了。（法国文化广播电台，1968年11月18日，©国家视听研究院）

后来成了法国文化部部长的马尔罗

1933年

这一次，加斯东决定让他新培养的作家得龚古尔奖。若说他数年来一直相信安德烈·马尔罗，那真是太轻描淡写了。确切地说可以追溯到1928年，从那时起，加斯东就找到他，聘用他主持出版社的文艺部，加入审读委员会，负责编辑丛书和需要长时期努力的作品合集。他感觉到这一年是他的幸运年，因为32岁的马尔罗给他精心打造了一本很可能会给龚古尔奖评委们留下深刻印象的书。书里面什么都有：异国情调（中国）、极具戏剧化（正在进行的反蒋介石革命）、道德思考（人既不能超越自己的命运，也不能逃脱自己的生存境遇）、政治介入（共产党行动主义）、伟大的理想（自由、忠诚）、英雄主义的争强好胜，尤其是作者的灵感。保尔·尼赞的《安托万·布鲁瓦耶》很快就被淘汰了，还剩下夏尔·布莱邦和安德烈·马尔罗。每人都得了五票。评委会主席的一票抵两票改变了局面，《人的命运》夺得龚古尔奖。加斯东早就预见到了。

1934年

12月8日，吕西安·德卡夫写信给学院主席："……第一轮投票我投给了年轻人乔治·雷耶的《乔装商店》，我觉得他才华横溢、很有希望。如果第二轮投票他不能胜出，剩下几轮投票我都将投给马克桑斯·范·德·梅尔契的《神迹》。"雷翁·艾尼克也写信放话："我只投给罗歇·韦塞尔的《柯南船长》。"

态度如此坚决，说明他们真的是深信不疑。

1934年龚古尔奖得主韦塞尔（右）

佩雷写的是骑着骆驼远行的故事

《神迹》的作者梅尔契

1935年

约瑟夫·佩雷从自己在西撒哈拉沙漠的不凡经历中获得灵感，写出骑着骆驼远行的故事。这本由伽利玛出版社出版、极具西班牙风格的《血和光》夺得了龚古尔奖。一个斗牛士的生与死。虽然牛最后赢了，还是不建议反对斗牛的人去阅读，除非是想在书中看到一个关于文学上"斗牛"不那么贴切的隐喻。

1936年

吕西安·德卡夫又放言："遵从埃德蒙·德·龚古尔的意愿，每一轮投票我都会投给小说家亚历山大·阿尔努。"最后却是马克桑斯·范·德·梅尔契的《神迹》获奖。

1937年

有人悄悄议论乔治·西默农可能会成为龚古尔奖角逐者。什么，用流水线的方式来创作麦格雷探长的那个人？好像在玻璃房里写作的那位？写得比自己的影子还快的那个男人？正是。他确实做了他该做的。三年来，他把他的探长藏了起来，因为从文学的角度看，侦探小说并

《假护照》作者普利斯尼埃

不是一个好的类别；同时，尽管让·波朗对他心怀敌意，西默农还是光明正大地进入了伽利玛出版社。是加斯东一世让他加入审读委员会的，约瑟夫·凯塞尔20年代就加入了。西默农想给出版商一个理由，便给他精心打造了一本符合他心中所想但可能并不存在的所谓"龚古尔喜好"（那时候还不说"审美"这么贴切的词）的小说；西默农经常宣称要写他的"大小说"，比他之前的小说厚两倍，也更详尽。总之，巴尔扎克式的。谣言传开了。有人打探内情得知吕西安·德卡夫使了手段，外国身份没有成为那位外来者得奖的障碍；德卡夫拜访了龚古尔奖评委会主席，谈话时不经意间提醒他，大罗斯尼在没入法国籍之前是比利时人。至此谣言不断，称1937年的龚古尔奖会颁给一个比利时人。情况确实如此。只不过不是

列日人乔治·西默农，而是蒙斯附近的格兰[1]人夏尔·普利斯尼埃，《假护照》的作者。《假护照》连小说都算不上，只是一本短篇小说集，但"十人团"的新闻稿指出，它"以悲怆的笔调表现共产国际的某些问题"。总之，一切皆有可能。西默农永远都不会知道，德卡夫在委托书中（自从塞利纳事件之后，他就单独吃午餐），是这样写的："每一轮投票我都投给夏尔·普利斯尼埃的《假护照》。"西默农不仅仅是失望。过了一段时间，他母亲感到惊讶，像她儿子这样伟大的小说家为什么没被文学奖垂青？西默农相当不快地回答说以后他要当颁奖人。看似说大话，实际上却差一点成真，想想1936年投票接替雷翁·艾尼克的位子时，他得了好几票，不过最终是雷奥·拉尔吉耶当选。

西默农到了晚年似乎对此还有点介怀：

我承认我对文学以及和文学相关的事情确实有过怨恨。"怨恨"这个词可能用得太重了。十来个作家围着桌子选出年度最佳小说（？），几位年迈的女士也在另一家餐厅做着同样的事情，抑或是几个记者聚在一起评奖，这样的想法在我看来简直骇人听闻。也许我说得不对。但我非常热爱生活，以至于看着生活被改写为很美的句子对我来说都是一种痛苦，人们把这样的句

---

[1] 列日和格兰均为比利时地名。

子叫做文学语言。不，我写不出美丽的句子。（《脚印》，口述于1974年2月21日）

1938年

这一年大家经常谈论一位出生于亚美尼亚的俄国年轻人的第二本书，作者和家人在革命爆发后离开了莫斯科。他是塞纳省的公文拟稿员，笔名亨利·特罗亚。新书标题是《蜘蛛》，全书围绕一个不能适应社会、总是和周遭格格不入的人展开。此人主宰着由老母亲和

小公务员特罗亚

三个姐姐组成的女性世界，他深爱着她们，以至于不允许其他人爱她们。他就是那只蜘蛛，处于自己编织的蛛网中央。这部小说是特罗亚在市政厅的小办公室里，埋首在两堆行政文件中间精雕细琢而成；有人认为作品粗俗、暴力，甚至更糟：奇怪。但他依然跻身龚古尔奖遴选之列，但他的出版商坦言，他一点得奖的机会也没有。12月7日，特罗亚和一个朋友在餐厅安静地吃午餐，工作和评奖的事被抛诸脑后。回去时被痛骂了一顿，因为大家正到处找他：大罗斯尼行使了主席一票抵两票的权利，第五轮投票之后特罗亚终于夺得龚古尔奖，《蜘蛛》和弗朗索瓦·德·鲁的《棕发女人》竞争非常

激烈，而雷蒙·格诺的《柠檬的孩子》只获得零星的一两票。

随之而来的是记者的狂轰滥炸、普龙出版社开香槟庆祝、一贯的狂欢。但出版商可不会浪费时间：评奖结果宣布几个小时之后，他就带着特罗亚避开人群到了办公室，并建议为下一本书签约，稿酬比第一本书高十倍。当然，这位年轻的龚古尔奖得主迫不及待地签了合同。

> 亨利·特罗亚：1938年，龚古尔奖的奖金是5000法郎。那时我是塞纳省预算部门的公文拟稿员。5000法郎相当于我两个半月的工资。我继续留在那里工作，因为对我而言，获奖在某种程度上是一种冒险。那时我这么想，现在我还是这么想，让作家相信公众的一时迷恋是很难的。大量读者拥向获奖者，然而当他隐退之后，一般来说，他的新书会让这个不幸的人感到孤单、荒唐、被背叛。想要继续下去需要强大的内心力量，说到底，欲戴王冠，必承其重。（法国广播电台，1958年12月12日，国家视听研究院档案）

这位龚古尔奖得主也许能给经济学史学家们一个启示，因为1903年龚古尔奖的奖金可不仅仅相当于一个公务员两个月的工资，而是两年的工资……

1939年

为了挽救龚古尔奖，龚古尔学院主席向龚古尔奖得主及其出版商提出募捐，每次得奖至少捐出1000法郎！这是呼吁、鼓动人们在必要关头要懂得感恩的艺术和方式……

埃利亚凭借《宠儿们》获龚古尔奖

同时，另外一个活动也在进行中，不过和前一个活动没有关系：关于萨沙·吉特里进评委会的事情。吉特里可以依靠他仰仗的人得到选票，但这样有失公平。勒内·邦雅曼对一位犹豫不决的评委说，他的投票将是"萨沙·吉特里莫大的荣幸：多一票不仅仅是增加一个数字，而是增加一个名字；如果是您的选票，他会很感动"。

由于我们处于文学生活的底层，别忘了，"十人团"如果得知情况也会关心生活艰苦的同事。拉尔吉耶、德卡夫和都德投票授予费雷阿·勒贝格一份年金，正如都德所说，"这件事情很紧急，得尽快让他领到年金"。在他看来，这位农民诗人生活在贫病交加之中……应该把这些归功于这位令人难以置信地通晓多种语言的评论家，他对全球的读者都很慷慨，战前就向《法兰西信使》①的读者介绍费尔南多·佩索

①法国巴黎最权威的文学刊物，创办于1672年，1724年更名为《法兰西信使》。

阿非同一般的天资。于是勒贝格得到了龚古尔学院颁发的日弗华–珑骧的遗赠——尽管20年后他在家乡庇卡底①去世了，但这又有什么关系？他曾在那里接父母的班，那是两个富裕的农民。

龚古尔奖究竟花落谁家？投票会议临近了，勒内·邦雅曼支持布拉席拉赫的《七色》。但是莱昂·都德却力挺西蒙娜·邦达，只有不熟悉都德的人才会感到意外，他在龚古尔机构和文学专栏的表现都说明：再强烈坚定的政治信仰也不会影响他的文学判断，他的文学判断不仅相当智慧而且不乏勇气，因为在文坛上和在其他圈子里一样，这么大的分歧要得到大家的承认是很难的。

菲利普·埃利亚凭借《宠儿们》被授予龚古尔奖。但是"十人团"的午餐变得越来越尴尬：德卡夫和邦雅曼互不搭话，也不愿意待在同一个房间。

1940年

由于战事吃紧，龚古尔学院没有进行评选。1940年的龚古尔奖被"预留"到战俘遣回之后。

1940年《暑假》的作者昂布里埃尔获奖

---

① 庇卡底：法国北部旧省名。

1941年

奥弗涅[1]人亨利·普拉的乡村小说《三月的风》脱颖而出。可以说这是一个应景的奖。这个说法和龚古尔学院的颁奖词并不冲突，龚古尔学院已经缩减为七个人投票：

奥弗涅人亨利·普拉（左）

在这个异常悲怆的时刻，法兰西正寻寻觅觅并希望找到出路，龚古尔学院破例奖励了一位已经知名的作家。他今年的书表达了某些最崇高的法兰西价值观，似乎符合焦急的公众想在艺术作品中寻找指引和支撑的愿望。

作者歌颂土地的回归，他发现土地是不会说谎的。数年来他在同一块土地耕耘，不进行任何投机：20年前他就已经凭借《山中的加斯帕》得过《费加罗报》的一个奖。这次，他的新书非常切合时局，只是灵感不再来自普拉喜欢的神秘的土地。他和元帅[2]都拒绝现代化、拒绝城市、拒绝工业化、拒

① 奥弗涅：法国中部旧省名。
② 指贝当（1856～1951），法国元帅，德占时期的法国元首。

绝机械文明、拒绝一个被认为已经堕落的社会；他们都想恢复以土地崇拜和基督崇拜为基础的社会道德秩序。在这里，人们也不免从评委会的选择中发现，他们想颁发一个应景的龚古尔奖。自1940年10月起，普拉就邀请政府首脑相伴前往昂贝尔[①]他的家中（多姆山省），在磨坊里对那里的纸张赞不绝口[②]。普拉最终疏远了民族重新在自己的土路上寻找"人间"的普遍原则。

1942年

《赤子之心》，一部描写小人物日常生活低调而又热烈的纪事体小说获奖，但作者马克·贝尔纳却一无所知。这位自学成才的无产阶级作家在故乡尼姆隐居，因为要让妻子艾尔

丝·雷施玛纳在乡下躲避大搜捕。雷施玛纳是奥地利犹太人，在德国纳粹对奥地利实施合并期间逃了出来。夫妻二人和孩子在那儿的生活很拮据。他们在杂货店欠下3000法郎的债，卖掉打字机迫在眉睫。然而，12月19日，当一个小顽童跑来告知，广播里说贝尔纳得了龚古尔奖时，全家感到苦日子

贝尔纳对自己获奖深感惊讶

①昂贝尔：法国多姆山省城市名。
②普拉曾在家乡的磨坊上建造了一个纸张博物馆，并成立了一个新纸协会。

熬到头了。几天后，加斯东寄给贝尔纳一张支票作为版税，尽管纸张定额使这位龚古尔奖得主不敢指望能有战前有多大的印刷量。最多一万册。

1943年

一切都不正常。投票是通过信件进行的，并且是在3月21日。不顾文学季的时间了。在巴黎圣日耳曼德普雷，据说波伏瓦有可能凭借《女客》获奖。关于这个传闻，出版社对她也毫不隐瞒。因此波伏瓦主动询问了全国作家委员会的抵抗运

巴黎的高中教师格鲁

动成员领奖"是不是妥当"。有人告诉她只要不接受采访就可以去领奖，到底是谁告诉她的就不得而知了。据韦科尔回忆，全国作家委员会成员中确实"有人"口头批准很多诸如此类的事情……颁奖的大喜日子，波伏瓦买了一件新连衣裙，激动地等待花神咖啡馆电话铃声响起的那一刻。唉！是马里于斯·格鲁凭借《人的道路》夺得了龚古尔奖。格鲁是巴黎一所高中的教师，特别之处在于他是公谊会教徒①，也是教友会成员。自德军占领法国开始，可以说伽利玛连续三年春风得意。

---

① 公谊会教徒：又称教友派、贵格会，17世纪创立的基督教教派。

但波伏瓦却连勒诺多奖都没有得到，勒诺多奖颁给了穿白衣服的男人苏比朗博士。

1944年

在吕西安·德卡夫的影响下，龚古尔学院对评委会成员进行审查。《皮鼻子》的作者让·德拉瓦朗德被劝辞职，做出这样的决定很简单，何况他本人也同意：他是君主主义者、天主教极端分子，又和《法兰西行动报》关系密切，经常在亲敌报刊上署名。他知道人们不会原谅他这样的行为。但不仅如此，他还发起了反对安德烈·比利当选评委的活动，失败后拒绝每月一次和他鄙视的人共进午餐，因此他自己选择了退隐，这样做也算识时务。

勒内·邦雅曼则拒绝辞职，他的儿子在战争中为解放领土而牺牲，他以此为由坚持留在评委会。即使如此也丝毫无法改变他的笔杆为傀儡政府效力的事实，他多次为法国"国王"贝当写圣徒传记。吉特里和邦雅曼涉水一样深，但人们却一味指责邦雅曼。对于这样的"一个重量两种称法"有一个很好的理由：1942年，吉特里在遗嘱中写道，将位于爱丽舍-勒克吕街的酒店及其内部物品（家具、画、书籍等等）赠予龚古尔学院。另外他还坐过两个月牢，从所受的苦难中酝酿出一本书。邦雅曼也被逮捕并拘留了一段时间，之后被软禁在家里。此事后来也就不了了之了。

可是，龚古尔奖究竟花落谁家？罗杰·贝勒费特的《特殊的友情》呼声最大。但于情于理，解放时期的龚古尔奖都不能摆脱当时的局势。艾尔莎·特丽奥莱成为第一位获得龚古尔奖的女作家。《第一个回合花了二百法郎》不是小说，而是短篇小说集。它借用了"自由法国"[①]组织

特丽奥莱成为第一位获得龚古尔奖的女作家

在英国广播公司广播电台播出的一篇文章的标题，该文章旨在宣传诺曼底登陆前夕的抵抗运动。但除了这两个特征之外，保尔·雷奥托还总结出其他明显的特征，说了一句颇具个性的话："龚古尔奖一箭三雕：特丽奥莱女士不仅是俄国人、犹太人，还是共产主义者。这个奖是为红色革命而设的。"从中我们可以听出著名的龚古尔奖是因时而异的，无论是德军占领法国期间还是第一次世界大战期间都是如此。

1945年

5月3日，《世界报》宣布科莱特进入龚古尔学院以及希特勒死亡的消息……科莱特第一次投票，她喜欢乔治·纳韦尔的《工程》并就作品形式游说新同事："这正是我们苦苦

---

① 自由法国：戴高乐将军领导的法国抵抗纳粹组织。

让-路易·博里成为龚古尔奖设立以来最年轻的获奖者

寻找的五条腿的绵羊：一个贫穷、可敬、才华横溢的工人"，一样都不缺。经过核实，相比于无产阶级分子，纳韦尔更像放荡不羁的作家；相比于小说，他的作品更像见闻录，因此科莱特没有得到支持。

最终获奖的是《德寇铁蹄下的故乡》，这个标题使得"德寇铁蹄"这一说法风靡起来。书中的朱曼维尔①和作者的故乡梅勒维尔②有许多共同点。作者是亨利四世高中的一位年轻教师，在博斯度过了战争的最后几个月，时光消磨在漫步于奥尔良丛林和写小说这两件事上。小说记录了一些日常事件，从中我们可以读到整个德军占领期间居民们得过且过的生活。26岁的让-路易·博里成为龚古尔奖设立以来最年轻的获奖者，他后来承认花了十来年时间才从这次重量级的获奖中恢复平静。弗朗西斯·卡尔科直到投票结束之后还耿耿于怀，他真的已经受够了战争文学。为了让大家知道他的态度，他拒绝和其他评委共进午餐。很明显，评委们在一家餐厅聚会是有好处的，只需换张餐桌就可以正式表明自己的不同意见。

———————————

① 朱曼维尔：法国中部市镇。
② 梅勒维尔：法国法兰西岛大区埃松省的一个市镇。

　　戴高乐将军应该不知道这个细节，否则这一年他不会产生荒唐的想法，要将龚古尔学院并入法兰西学院。他显然不知道龚古尔学院的建立就是为了反对法兰西学院，反对它的演讲、颂词、服装、佩剑、仪式，简言之就是反对法兰西学院所谓的伟大之处。相比之下，龚古尔学院更青睐自然质朴的伟大。

1946年

　　颁发了两个奖。第一个是1940年受战事阻碍以及战俘遣返的影响未颁发的奖。无论是吉兰·德·贝努维尔的《早晨的祭献》（他想谱写一支抵抗运动交响曲），还是大卫·鲁塞的《集中营世界》（从布痕瓦尔德集中营死里逃生的鲁塞想证明、分析集中营的罪恶）都竞争不过《暑假》，书名说的是反话，副标题《1939~1945》弥补了正标题的模糊不清。这部叙述战俘集中营日常生活的作品出自战俘弗朗西斯·昂布里埃尔之手，写的是原先的科比埃尔赞集中营，即位于波兰的369号镇压集中营（369号战俘集中营）。他在书中呈现战俘的苦难、生活在铁丝网下的平民阶级和资产阶级的劳作和生活，这正是评委们所寻找的东西，而且这部作品由新法兰西出版社出版，更加无可辩驳。于是，这本来自远方的书获得了这份迟到的殊荣……

法兰西喜剧院秘书长让-雅克·戈蒂埃

弗朗西斯·昂布里埃尔：滑稽的战争[1]之后，德国开始进攻。在书的某一章中，我用了一个更尖锐、更准确的词，将这场战争称为"无能之辈的战争"。就是从那个时候起我开始记录。作为修订过历史教材的教育史学家（可以说我有两位难忘的导师：一位是精通法国大革命的伟大历史学家阿尔贝·马蒂厄；另一位是刚刚逝世的加斯东·卢普奈尔），自从真正的战争打响以后，我才意识到自己是这场战争的见证人，战争最终以法军的失败告终。被囚禁期间，由于纸张稀缺，我几乎每天在艰苦的条件下做记录，只能悄悄地记。1940年12月，我第一次冒雪越狱的时候，由于不想抛弃这些需要保存起来将来用做证据的纸张，我撕掉了记事本的

[1] 指"二战"初期英法两国对德宣而不战的"战争"。

封面。请原谅我说这些，囚禁生活就是充满这样的细枝末节，我只能把本子藏在最难以启齿的地方：内裤里面亲手缝制的暗袋。结果，经过八天的跋涉之后我又被抓了回去。当我被脱光搜身时，德国人检查了我所有衣服的衬里，唯独没有检查内裤，也许是疏漏，也许是因为实在太私密了。我的第一个记事本就是这样保留下来的。整个战争过程中我都在不断记录；数月之后已经有三四本记得满满的记事本，体积太大的东西要躲过搜查很困难，幸亏有几个同志鼎力相助，为我缝制了几个秘密包裹……（法国无线电广播，1946年6月24日，国家视听研究院档案）

本年度的龚古尔奖得主是《费加罗报》戏剧评论家、法兰西喜剧院秘书长让-雅克·戈蒂埃，凭借的是《一则社会新闻的故事》；又是如此，一切尽在标题中。朱利亚尔是这本书的出版商，这标志着出版商俱乐部迎来新成员。书中提到的社会新闻是一桩情杀案，当时的报纸专栏炒得沸沸扬扬，这件案子的律师伊索尔尼对此却并不陌生。与西默农无情的小说恰恰相反，这个自然主义故事所讲的其实是一件获得善终的事，酷刑之后是赎罪：主人公再婚、组建家庭，随后被世人遗忘。

《夜森林》的作者让-路易·居尔蒂斯

1947年

这一年，"十人团"决定不再考虑出版商寄给他们的书，这种在国外一直很流行的做法就像是预选。评委们解放了！

很难得，他们午餐之前绕了个弯去请教他们的公证人。原来是为了吉特里的事。这位剧作家在司法肃清中获得免诉，被证明无罪并在曾经孤立过他的评委会恢复了职位。说孤立有点言重了，至少评委会曾在一片怀疑声中把他闲置了。但是吉特里并没有怀恨在心，他更愿意在同一时间和勒内·邦雅曼在拉封丹–加永餐厅面对面午餐。由于三年来和法院纠缠不清，尽管罪名已被洗刷，他们仍然被当作空气，于是吉特里和邦雅曼发起了"龚古尔奖之外的龚古尔奖"，并由他们两人把该奖慷慨地颁给了克雷贝尔·阿埃当的《相约肯塔基》，因此这本书束着印有"儒勒·德·龚古尔奖"字样的腰封，甚至红色腰封上也用大号字体写着"龚古尔奖"，用稍小的字体写着"萨沙·吉特里和勒内·邦雅曼的"。"十人团"对这两人以及他们的出版商罗贝尔·拉封提起诉讼。这起伪造案的上诉完全得到证实，"十人团"获得70万法郎的赔偿。

数月之后，勒内·邦雅曼去世。吉特里辞职并修改了他的遗嘱：龚古尔奖评委们眼看着鼻子底下的一大笔捐赠飞了。

活该!

人们可能忘了最重要的事：书。1947年的龚古尔奖仍然带着战争的印记。雅克·佩雷的《逃兵》和让–路易·居尔蒂斯的《夜森林》呼声不相上下。《逃兵》讲的是发生在一心想越狱的战俘身上的事，《夜森林》则描写德军占领下法国人的生活。很快就评出来了，战俘小说获得两票，另一部获得六票，出版商勒内·朱利亚尔可以认为自己已经加入出版商俱乐部了。

1948年

是否可以谈一谈压力呢？1948年12月2日，让·波朗用他漂亮、熟练的圆体字在一张抬头是"阿尔纳大街5号"的私人小卡片上写信给热拉尔·博埃尔，只有寥寥数语："我亲爱的先生，亲爱的朋友：您读过《不惜一切》了吗？我觉得您会喜欢的。真心问候您，让·波朗。"波

蓝眼睛作家德吕翁

朗自己扮演了恰当角色：让人知道这本书。大家会觉得这样的压力柔和、间接、巧妙，用一个词概括就是波朗主义，其实这种压力不亚于出版商给评委施加的压力。

埃尔韦·巴赞的《毒蛇在握》就主题而言并不会获得巨

大成功，这本书讲的是在一个压抑而封闭的环境中，一个不称职的母亲、三个儿子和不负责任的父亲之间的关系；还得借用格拉塞的推广才干，又使了一些手段。唉！这部小说只获得一票，并且还不是科莱特投的票。科莱特的投票一直深不可测，"茜多的女儿不会投票给福尔科希的儿子"[1]，有人借用这句话表达对她的敌意。就像一根烤鱼刺，尽管喝了很多1946年的佳酿，鱼刺仍然卡在喉咙里。更平和、不那么狂野的《大家族》获得了龚古尔奖。

> 秘书长：龚古尔奖的颁发是在第三……不要这么催，要知道这样压力太大了！啊啊啊！没办法……这个……龚古尔奖在第三轮投票中颁给了莫里斯·德吕翁的《大家族》。勒内·巴赞（原名）的《毒蛇在握》……呃……得了一分……呃……一票！《伟大的相遇》……呃……那个谁的什么相遇……（《相遇时节》）他叫什么？……（记者：泽拉法！）泽拉法一票！进行了三轮投票。就是这样。（法国无线电广播，1948年12月6日，国家视听研究院档案）

据保尔·居特在《费加罗文学报》的一篇文章，莫里斯·德吕翁是"法兰西喜剧院里长着一张梅尔莫兹[2]的脸、有

---

① 茜多和福尔科希均为《毒蛇在握》中的人物。

② 梅尔莫兹（1901~1936），法国飞行员。

代尔夫特①陶器那样的蓝眼睛"的作家。在圣詹姆斯·奥尔巴尼酒店的鸡尾酒庆功会上，比作者更引人注目的是他的叔叔约瑟夫·凯塞尔。

　　莫里斯·德吕翁：我曾经想在一部叫做《人的末日》的系列作品中把关于衰老和死亡的内容作为第一卷，人是如何在社会上消亡的，难道不是一样孤独地结束余生？因此我选取了两次世界大战中间的那段时间，最有末世感的时期。我选取了一些有权势的人、有声望的人、富有的人、辉煌的人以及年老的人。当然，这种年老、可笑、易受欺侮的老傻瓜的观点会让有些人说我对生活的态度很悲观。其实不然，我只有在生活本身确实黑暗的时候才会觉得前路一片黑暗。显然我还有两卷要写。我非常自豪，你们知道吗？因为昨天，就在颁奖前一天，我的出版商对我说他会出版接下来的两卷……（中断）你好！一切都好吧，亲爱的朋友……好的，那么……这样的想法我会在接下来的两卷中得到延续，但我希望将来有一天能有机会在我的作品中说说我对将来的新人类形象有哪些新看法。我还得奋斗十年。（法国无线电广播，1948年12月6日，国家视听研究院档案）

---

① 代尔夫特，荷兰西南部城市，以蓝色陶器著名。

但是名副其实的大赢家是出版商勒内·朱利亚尔：连续三次夺得龚古尔奖。三连冠。这样的战绩不可能持久。的确，胜利也止步于此了。

1949年

9月，吕西安·德卡夫去世后不久，龚古尔学院新主席的任命问题就被提上日程。从原则上讲，应该由资格最老的道杰雷斯接任，但是他想让给科莱特，评委会又有两位新成员加入，分别是布萨尔戴尔家族传奇史的作者皮埃尔-马克·奥尔朗和阿尔芒·萨拉克鲁。

大家都在谈论罗贝尔·梅尔勒的《碧血长天》（也译为《敦刻尔克的周末》），梅尔勒是雷恩大学的副教授，也是奥斯卡·王尔德和欧斯金·考德威尔[1]作品的译者。他凭着当年从军的记忆讲述1940年可怕的敦刻尔克大撤退，但他是以一种轻松、打趣、粗俗的口吻来讲的，就像标题《敦刻尔克的周末》所传达的意思一样。取这个标题是因为他把本来从星期一早上到星期二晚上四个半天的故事改为星期六早上到星期日晚上。这个转变就像灵光乍

大学教授、翻译家梅尔勒

---

① 欧斯金·考德威尔：美国作家。

现一样发生了。小说一出版就炒得沸沸扬扬，因为朱利亚尔宣称拒绝读这本书，理由是书中大量的粗俗表达方式震惊了整个审读委员会，比如"婊子"、"他妈的"、"鸡奸"。一般而言，当有人问出版商有没有读过原稿，出版商都会来一个漂亮的答非所问：读过，但不是亲自读的……但伽利玛的情况可不一样，审稿人雷蒙·格诺写了一个热情洋溢的审读报告后，伽利玛迫不及待地读了书，只有那些对雷蒙·格诺一无所知的人才会感到诧异。这本小说在评委会投票两个月之前就已经获得来自广大读者的青睐。

> 罗贝尔·梅尔勒：指责一位为了描写士兵而使用士兵语言的作家，我觉得有点可笑。除非使用间接引语，如果要让书中的人物说话，就要使用他们原来的语言，包括他们的粗话和脏话。然而我想请大家注意的是，士兵们的对话中确实有这类粗话，但在叙事中绝对一句都没有。（法国广播电台，1949年12月5日，国家视听研究院档案）

评委会成员几乎每个人都对这本书大加赞赏。弗朗西斯·卡尔科虽然语言刻板，也对这位作者报以热情，但也有所保留："脏话太多了，我亲爱的朋友，脏话太多了！"在第二轮投票中，除了安德烈·比利，其他人都投给了梅尔勒。比利受人之托，不惜一切代价投票给路易·吉尤的《耐心游戏》。像这样的固执己见在年复一年的评奖过程中并不少见，也不缺表忠心的把戏。因为，即使投票已成定局，为表忠心，比利还是执意要让"他的"作家和小说标题出现在评委会发布的公告里，并且在文学史上留下一笔。

投票结果一宣布，针对《碧血长天》以及胆敢为该书编织桂冠的评委们的抗议便枪林弹雨般袭来。问题首先就在于这本书的标题用两个词将闲情逸致和痛楚苦难联系在一起[①]。敦刻尔克法国老兵协会由主席发声，称"这本脏话集锦只能代表垃圾桶爱好者的兴趣"。该协会甚至认为标题不当就足以让龚古尔学院淘汰这本书，更别说书的内容以及主人公和反面角色的轻浮了。他们还借此呼吁人们追求荣誉、热爱祖国、为国家洒热血……消息传到了敦刻尔克和那个地区，这可不是小事。刚开始，这个未必真实的故事荣获桂冠的消息令人们瞠目结舌。书中一个法国士兵无意中撞见两个同伴正要强奸一位年轻姑娘，没等同伴下手，他就将他们打得落荒而逃。而后，想象力的火花无限迸发，在聚伊德科特，每个人都在寻找书上提到的这位年轻姑娘，想问问她对这部小说怎么看。

此时，在巴黎的出版界，人们知道，被清算运动打倒的加斯东·伽利玛重振往日雄风。他打定主意要将半路杀进出版界的勒内·朱利亚尔在这场比赛中驱逐出去。两位新评委

---

① 小说原名为《聚伊德科特的周末》，聚伊德科特为法国北部小镇。

的书也是伽利玛出版社出版的,这是事实,而这还没完……

1950年

　　大家都往门里挤。名家济济一堂:埃尔韦·巴赞带来《毒蛇在握》的续篇《小马之死》、玛格丽特·杜拉斯带来《抵挡太平洋的堤坝》、乔治·阿尔诺带来《恐惧的代价》以及罗贝尔·马尔杰里、安德烈·多泰尔、让·乌戈隆、贝尔纳·潘戈,还有其他不少名家。选择很艰难。由于科莱特行动越来越不方便,评委们前往她在皇宫①附近的居所一起喝开胃酒,午宴还是在特鲁昂饭店举行。科莱特一直讨厌巴赞,那本《毒蛇在握》透出的是孩子对母亲的恨。在她眼里,这是不可宽恕的。那么其他还有什么作品呢? 还有《丑闻》,背景是斯塔维斯基事件②;莫里斯·托埃斯卡有支持者,但是要硬推这部叙述繁文缛节的小说是很难的。其实,科莱特主席更喜欢安德烈·多泰尔和贝尔纳·潘戈的小说,尤其偏爱后者。

　　多少年之后,玛格丽特·杜拉斯都一直认为,那一年她的《抵挡太平洋的堤坝》是由于政治清算才被剥夺了龚古尔奖:

　　　　那个奖他们不能给我,也不愿给我,因为那时我
　　是左派,是共产党员,在共产党内工作过。那个堤坝

---

① 巴黎罗浮宫后面,1633年为黎塞留首都修改,后成为皇宫。
② S.A.斯塔维斯基是法籍俄国人,因从事投机诈骗活动而暴富,他曾行贿赂大量政界人士,后事情败露,成为轰动一时的丑闻。

对我母亲来说是可怕的经历,我把它说了出来,所以受到惩罚……(贝尔纳·毕沃访谈,电视节目Apostrophes,1984)

《堤坝》里面提到的不公,充满了我们的生活。就因为这样的不公我才没有得到龚古尔奖。有人说:这本书是共产党的,是俄国的,是苏维埃的。我们不会把龚古尔奖颁给共产党人的书。总之,我和我母亲及兄弟们受到了惩罚,被不公给害了。龚古尔奖惩罚我,因为我有胆量把这样的不公说出来,而不是保持沉默。(玛格丽特·杜拉斯和克洛德·贝里的谈话,现代出版档案馆)

实际上,这一年,杜拉斯甚至没有进入龚古尔奖入围名单……

1950年获奖的是无名作者科兰

拳击运动员都知道第一个回合是用来观察的。文学竞赛也不违背这个规则。这一次,在前四轮投票中不相上下的是多泰尔的《锯木厂男人》和潘戈的《悲伤的爱》。实在咬得太紧,没有人想到在第五轮投票中胜出的人,谁都没想到。甚至菲利普·埃利亚都没想到,在第四轮无效投票之后想打破僵局，便随便提了一个名字，想看看，谁知道呢：保尔·科兰，《野蛮的游戏》的作者。科兰何许人也？保尔·科兰，不是那个著名的广告设计师，而是一个无名鼠辈，三十来岁，带着全家住在外省。伽利玛出版社的审稿人雅克·勒马尔尚倒不讨厌科兰写的这个故事。就这么一个人，他倒得了五票，获了奖，然而……

保尔·科兰：这本书是我在南方的时候写的，那时我的生意濒临破产。我把它寄给《新法兰西杂志》，当时想着一定会被退稿，我信心不足，对自己有所质疑。如果当时有人跟我说我会得龚古尔奖，我肯定不会相信。六个月之后，我去了伽利玛出版社，罗贝尔·伽利玛告诉我，他还在和出版社的审稿人讨论是否出版。《野蛮的游戏》这个书名不是我取的，我之前的书名是《身体消失了》，但这个书名已经有人用过。书中发生的一切只能当作一场游戏，当作一个看不见的领域里的双重空间，颇有电影的感觉：暴力与善良在书中随处可见，之前我没有写过任何作品。（法国广播电台，1950年12月4日，国家视听研究院档案）

利害关系很重要：那时的龚古尔奖作品至少可以发行10万册，作者可以获得300万法郎的收入，唯独这一次比较艰难。《世界报》的专栏作家埃米尔·昂里奥抨击科兰的愚蠢和幼稚，因为后者曾野心勃勃地将自己的鸿篇巨制定位为介于《大摩尔纳》和《呼啸山庄》之间的作品。这个不怀好意、言之凿凿的谣言传到巴黎并在大范围内传播。书店的情况更严重：科兰的书是那么不起眼，根本卖不出去。然而，加斯东·伽利玛不会听之任之的，大家了解他，不久前他才王者归来；他的出版社重新囊括了大部分文学奖，只留下零星的碎屑给其他出版社。他不允许原本有望持续成功的强劲机器突然刹车或者由于销售上的惨败而戛然而止。为了终止这则蓄意中伤的谣言，伽利玛请来几位司法执达员，检查不同印刷厂的印刷数量，随后在出版业专业刊物《法国出版物总目》上用了一整页篇幅公布了检查结果。为了引起大家的注意，他买下了旁边那页，在上面用大号字体印上："经司法执达员确认，发行量为12.25万册。"第二天谣言就烟消云散了。但业内人士是知道其中的门道的，正如呼吸不是为了好玩，"印刷"不等于"卖出"。尽管如此，这仍不失为一个真实的信号：科兰和博雷尔的小说将会……雅克·博雷尔的小说是战后龚古尔奖作品中鲜有未被译成英语的作品之一。当记者问科兰下一本书会写什么时，他答道："是吗？一定要再写一本？"

　　至于埃尔韦·巴赞，格拉塞认为《小马之死》险胜，这本书束着一个腰封："龚古尔奖除外。"显然……确实是一套谁都没有想到的很独特的书，不体面的输者弄了一个盗来的腰封。几乎没有哪个大出版商能免俗。

对了，龚古尔奖的评委们都吃些什么呢？

单点菜单：七时羊腿①，配蜜饯的鱼肉菜泥，海边牧场羊腿加时令蔬果，秘制酸奶油调味汁，或者：马里昂·德洛尔姆腌制烤羊脊肉、普宜飞赛酒②和似乎必不可少的马拉狄酒庄葡萄酒，但为了图方便，这样的酒水单在1952年宣告结束，换成了1934年的龙船酒庄酒。

1951年

这一年是龚古尔组织成立法定50周年……从第一轮投票开始，大多数评委都支持于连·格拉克的《沙岸风云》，吕克·埃斯当少三票，路易斯·德·维尔莫兰的《某女士》获得一票，大家已经不再提起15天前还在谈论的作家了，罗歇·尼米耶、雅克·佩雷、米歇

拒绝领奖的于连·格拉克

尔·德·圣-皮埃尔。最终是克洛德-贝尔纳高中的历史地理教师路易·普瓦里耶得奖，即于连·格拉克。安德烈·比利是特鲁昂饭店那群评论家中第一位也是唯一发现这本书并且

---

① 这道菜用香料把羊腿腌过，然后慢炖七个小时。

② 普宜飞赛酒：法国勃艮第地区一种白葡萄酒。

鼓动伙伴们买这本书的人，让大家抛开一切沉浸在书中。没有借助媒体宣传，也没有把书寄给评委，这不是格拉克的风格，也不是他的出版商约塞·科尔蒂风格。科尔蒂的老式书店与卢森堡公园的栅栏隔街相望，完全可以叫做"出版小店"，就像伽利玛出版社起步时一样。

然而，格拉克在文学报刊上宣布，一旦得奖，他将拒绝领奖，当然是万一，谁说得准呢？这样一来，无疑掀起了一场热议，让《沙岸风云》更受追捧。评委们如果看过他前一年发表的檄文《装腔作势的文学》，就能理解这位如此猛烈抨击文学奖的作者的做法。格拉克在文中指出了文学评论的危机，在他看来，不仅仅是评论家有责任，评委也有责任："从原则上来讲，警方是打击镇压有伤风化的行为的，我冒昧地提醒他们，是时候杜绝那帮一出道就被调教如何作秀的'作家们'令人齿寒的表演了，还有今天在街角随便拿点东西就勾引路人的那帮无耻之徒：一瓶葡萄酒、一块卡芒贝尔奶酪……"很无情，这位教师写的这篇檄文，对被他称为"当代笑料"的人而言很无情。

不管怎么说，格拉克的这种控诉陷自己于不利之地，评委们如果耐心一点，几年之后再把奖授予他的大作《林中阳台》也许更好。那本书更符合龚古尔奖的精神。任性的获奖者态度有多坚决，同样任性的评委们选择他的决心就有多大。

雷蒙·格诺：对此我没有任何异议。我们没有必要知道这件事。我们根据自己的信念投票，没有预设的候选者。我们对作者的书做出评价，不管作者对此做何感想。我们选择了我们认为最好的书。在我看来这是一本很美的书，在龚古尔学院大部分评委看来也是如此。（法国广播电台，1951年12月3日，国家视听研究院档案）

格拉克拒绝领奖，拒绝支票和书上的腰封，但他的出版商可不会拒绝销售这本大家都在热议的书，而且这种态度并没有令超现实主义者们不悦，路易·普瓦里耶和超现实主义者们走得很近。永远不要忘记他的肺腑之言："如果一个人年轻时是超现实主义者，那么他一辈子都是超现实主义者。"《沙岸风云》立即被一些多半不是存在主义者的拥趸变成了"萨特式的风靡"，销量很快就突破了10万册。

1951年3月12日，评委们在菜单背面投票，选出了雷蒙·格诺接替雷奥·拉尔吉耶的评委席位。评委道杰雷斯为了让每个人都知道，将自己的异议写下来：他以自己特有的敏锐提醒同僚们，选出一位在出版社担任要职的作家当评委在他看来有多么危险，这意味着该评委每年都会推荐很多龚古尔奖候选人。顺他的眼光看过去……上面提到的这位新评委确实十年来一直担任伽利玛出版社秘书长，同时他还是伽利玛出版社审读委员会成员。

1952年

　　好几位作家再次被提起：跃跃欲试的乔治·阿尔诺、吉尔贝尔·塞斯布朗，尤其是《桂河大桥》的作者皮埃尔·布勒和第一轮投票开始就稳操胜券的《莱昂·莫兰教士》①的作者贝阿特丽丝·白克，道杰雷斯则坚持选择安托万·布隆丹的《上帝的孩子们》。白克这位用法语写作的比利时女作家可能很自豪：她不但获得了龚古尔奖，还因另一位流亡他乡的同胞多米尼克·罗兰而获得费米娜奖。一个现象暗暗地提醒大家，一位有雄心壮志的比利时

比利时法语作家白克

作家应该待在巴黎。此时，阿特里尔作坊剧院正在上演马塞尔·埃梅辛辣的讽刺剧《别人的头颅》。乔阿诺维希②集团的一个小混混为自己辩护："我是粗人吗？我每年都会读龚古尔奖的烂书！"

1953年

　　杂志之间的战争年初开始就打响了。人们原本忘记了这件事，它们却开始发表各自的文学主张。尽管那些杂志的发

---

① 中译本把书名译为《给幸运儿讲的故事》。

② 约瑟夫·乔阿诺维希，金属供货商，"二战"期间曾给德国人供货，战后被判刑。

行量不大，影响力却是实实在在的。然而，像许多德国占领时期设立的官方喉舌报一样，在解放时期停办的《新法兰西杂志》重现江湖。由于标题被禁，此后该杂志暂时改名为《新法兰西杂志》。让·波朗和马塞尔·阿尔朗在多米尼克·奥利的协助下为该杂志掌舵。弗朗索瓦·莫里亚克[1]找到了借口，用他众所周知的尖刻和残酷开始算老账。他在圆桌出版社出版的《记事本》上，高兴地回忆《新法兰西杂志》与德国纳粹合作的历史，当时该杂志经加斯东·伽利玛同意由德国人安排德里厄·拉罗歇尔当主编，波朗暗中监管。这位论战家不满足于用辛辣的隐喻让人想起因为跟敌人睡觉而受到严惩的妇女的命运："我仍然爱着《新法兰西杂志》。我仍对这位亲爱的光头老妇人存着一丝温情，她的头发花了八年时间才重新长出来，但我丝毫不想伤害她，这样讲还不够恰当。"你以为呢！他在杂志第一期"编者的话"中有一段文字向读者表达自己的观点，指出杂志的几位负责人承诺杂志要反潮流（想法可嘉），反对"文学奖可笑的利诱"。后面这一句就有点多余了。莫里亚克把阿尔朗和波朗双双钉在了耻辱柱上，"纯洁性保证真实性"，还威胁他们："请估量一下伽利玛企业获得的那些应该归功于龚古尔奖的巨额收益，永远不要再提起——听清楚了吗？——永远不要提醒法国青年小说家反对'文学奖可笑的利诱'。"

---

[1] 弗朗索瓦·莫里亚克（1885—1970）：法国小说家，1952年获诺贝尔文学奖。

伽利玛企业确实近四个月来连夺八个文学奖，关于"鲨鱼的饕餮盛宴"，论战家莫里亚克给他们算了一笔账，从此鲨鱼的形象就和加斯东·伽利玛分不开了，加上后来塞利纳再次使用了这个外号。大家都理解安托万·布隆丹所说，投票前一天，有一位龚古尔奖角逐者可能在伽利玛出版社的圣托马斯-达甘大教堂祈祷过，在圣徒爱德蒙和儒勒的雕像后面看到一张还愿牌，上面写着"感谢你做的一切。《新法兰西杂志》"——人们甚至以为有人会相信……

这次，龚古尔奖的评委们在科莱特家里共进午餐，科莱特深受关节炎折磨，已经完全不能动弹。特鲁昂饭店的两位大厨前往皇宫附近，在科莱特的忠仆波利娜的安排下烹制午餐。

写老鼠的作家加斯卡尔

尽管皮埃尔·加斯卡尔的《畜生》受他假托的自传的启发，这部作品仍然算不上是亲历见证。作品旨在表现人与动物之间的鸿沟之深、动物遭受的灾难以及以被看作是文明遭受威胁的象征：老鼠的生存条件。评论界如愿以偿，"十人团"否决了维拉尔迪、卡巴尼斯和吉兰，把龚古尔奖的桂冠授予了《畜生》，结果立即引起骚动。要知道，前几位作家的书都是由伽利玛出版社出的。

恰逢龚古尔奖成立50周年，评委们允许电台进来采访；除了书的数量，其他没有任何改变，评委们要看的书：大约220本……12月12日，所有还活着的历届龚古尔奖得主都受邀前往特鲁昂饭店赴宴。28位作家应邀在这场幸存者的光荣宴上回忆往昔。个别几个缺席者：一位已经一只脚踏进了坟墓，另一位在加拿大做讲座，格拉克既然拒绝了属于赴宴者的文学奖，当然就没脸来赴宴了……

1954年

8月7日，荣誉军团军官头衔获得者，龚古尔学院主席，永远都那么自由奔放、天真纯洁的科莱特女士的官方葬礼让巴黎这座城市比往常任何时候都忧伤，她的葬礼可称得上国葬。接替她的人选，又是雅克·普雷维尔，但他只有两票，不足以和获得七票的让·季奥诺抗衡。尽

普雷维尔还是没被选上评委

管长期遭受抨击，共产主义报纸杂志，尤其是《法兰西文学报》对他的作品不做评论，季奥诺最终出了被清算的炼狱，获得了认同。《屋顶上的轻骑兵》的巨大成功给他蒙上了光

环,让·昂鲁士在广播里跟他进行长河系列访谈增加了他的知名度,他的全部作品被授予摩纳哥文学大奖,让他名声大振,他只缺——不缺龚古尔奖,太晚了,他已经两次与它擦肩而过,再获龚古尔奖未免有些补偿的味道——龚古尔奖评委会的一个席位。人们暗中鼓动他,他表示只有在不改变任何习惯和日常生活的条件下才会接受。确实如此,他住在马诺斯克①,很少去首都,也不参加文学圈的社交活动。人们向他做了保证。至此,"十人团"中有五位是伽利玛出版社的作者,这成为众矢之的并引起不满。幸亏有了特鲁昂饭店的新饭友,季奥诺的作品重新激起文学报刊的兴趣,专门写他的传记计划也遍地开花。

　　这一年,评委们人们说得最多的是让·雷维奇和米歇尔·德·圣皮埃尔,获奖的却是西蒙娜·德·波伏瓦的大部头小说《名士风流》。作者把一群巴黎知识分子对战后社会的思考写入了书中。尽管波伏瓦为自己辩白,但书中所写确实和她周围的人有关,通过显而易见的人物表现萨特和加缪之间的关系。

　　鉴于小道消息对这部小说的讽刺和无礼,龚古尔学院认为,尽管波伏瓦的名声家喻户晓,但她的作品并不是曲高和寡。菲利普·埃利亚用了一个建筑方面的隐喻来解释龚古尔学院的选择:他把波伏瓦的小说比作一座金字塔,相比之下,这一年参加龚古尔奖角逐的其他小说充其量也只能算适于居

① 马诺斯克:法国普罗旺斯地区一座小镇。

萨特的伴侣波伏瓦

住的房子，或者更糟糕，大多数作品只是粗制滥造的小棚屋。有人诧异于这个独特的比喻为什么后来不再被经常引用。

　　只是：获奖者找不到了。一个女人在巴黎消失了！这简直可以成为《法兰西晚报》社会新闻的标题。事实上，她是故意销声匿迹的，上一次角逐龚古尔奖的时候，她正当年，但这一次她已经过了这个年纪了。其实她还不到五十岁……尽管如此，她还是逃避广告、摄影、媒体，拒绝回答连书都没看过的记者们提出的无聊问题。她虽然接受领奖，仍然觉得没有任何义务做这些，因此只接受过《周日人道报》的一次采访。评委会主席道杰雷斯对此表示不满："既然接受领奖，就应该奉陪到底！"至于新晋评委让·季奥诺，参加这个投票圈子还是太年轻了一点，被问到对《名士风流》的看法时，他说不会把选票投给一本写作风格如此抽象的小说，并补充道："我是在马诺斯克看的,我把这本书看作科幻小说,里面充满了异国情调,引领我进入一个我不了解的天地。读一部关于昆虫习性的作品对我来说没有多大乐趣。"就是这么说的……只不过从来没有哪部关于昆虫习性的作品遭到教会的谴责,而《名士风流》发表以后,波伏瓦被梵蒂冈列为禁书作家。

1955年

罗歇·伊科尔的《浑水》获得五票,夺得龚古尔奖。鲍威尔、杜图尔和《漂泊的心绪》的作者布隆丹也得到几票。40万册、十几个译本。光荣啊!半个世纪以后,他的儿子在《回忆我的父亲》一书中写道,罗歇·伊科尔被这段经历压垮了。不是说他被搞得文思枯竭,相反,他创作并出版了很多书。不过他所到之处都带着"1955年龚古尔奖得主罗歇·伊科尔"的标签,好像他身上只有这一点值得一提似的。他儿子为此感到惋惜:"文学奖只涵盖了他的少数作品。"但如果他没有获龚古尔奖而广为人知,他的作品会面临怎样的境地就不得而知了……

趟"浑水"的伊科尔

人们还注意到,这一年出版了格拉塞的《佩吉眼中的出版界福音书》。这位出版人在书中为自己的所作所为捶胸悔过，这完全不像他的做派。20多年来，他一直在《文学新闻》预言龚古尔奖的声誉、影响和每年创造的奇迹，但我们不得不说他并不是一个好预言家。

1956年

龚古尔奖从第一轮投票起就看好罗曼·加里的《天根》，小说旨在警醒世人关注威胁地球的生态危机。作者在书中详述了对受杀戮威胁的大象的喜爱，这种执恋可以追溯到童年。在他眼里，大象象征着自由。伽利玛出版社不太相信这本关于大象的书能获得龚古尔奖，所以决

加里的《天根》一开始就被看好

定春天出版。幸亏作者的坚持，他想试试自己的运气，希望他的书9月份面世。他觉得这是让他的书好销的唯一办法。他要赌一把。他得到了加斯东的支持，这可非同小可。他甚至写信给加斯东，让出版商就算评奖失利也不必尴尬："如果我的书失败了，不是您的错也不是我的错，只能说到了我该放弃的时候了。"说得恰到好处。

第一轮投票获得八票。萨拉克鲁却更喜欢新人布托，格诺则支持一个叫安吉丽娜·巴尔丹的女作者的作品《安吉丽娜·巴尔丹：大地的女儿》，这位女作者似乎没有在20世纪后

半叶的文学史上留下什么痕迹。

加里在拉巴斯①担任几个月的法国大使馆临时代办。他在那里得知获奖的消息。其实有三则消息：首先是玻利维亚新闻界得知他刚刚获得诺贝尔文学奖，前往他的住处采访；然后是出版商发来电报，消息更确切；最后是奥塞河堤路②发来贺电，并明确指出外交部不承担加里从玻利维亚到加永广场的路费。

加里享有名望但并不为众人熟知。正如大家有时说的那样，评论界对他的评价褒贬不一。在众多诽谤中有一支笔很显眼：那就是克雷贝尔·阿埃当在《毫不妥协》上发表的文章，它不仅对加里持否定态度且多次对他进行攻击，还在文中展开论据：《天根》写得很糟糕，语言不规范、用词不恰当之处比比皆是，因为作者是外国人，尽管他强调自己的混血身份，但他所标榜的国际性身份对我们的语言来说可不是什么幸事……这能让人勾起一些回忆。抨击力度之猛烈堪比一篇笔战檄文。加里在访谈中为自己辩护，解释说，为了寻找一种语言的力度，他不惜犯一些法语语法的错误，但他保证他谋杀句法并不比杀死大象多，总而言之，他觉得自己有能力获得这个顶尖法语文学奖，甚至搬出他在尼斯的马塞纳高中连续七年获法语第一名的骄人成绩。太晚了：不好的影响已传开，罗贝尔·康特尔斯之流跟在克雷贝尔·阿埃当后面亦步

---

① 拉巴斯：玻利维亚首都。
② 奥塞河堤路：法国外交部所在地。

亦趋，对《天根》不屑一顾，之后还放风说称罗曼·加里是用摩尔多瓦语①写作的。

1957年

据学院泄漏出来的消息，评委们在谈论《律令》和布托的《变》。《律令》讲的是意大利乡村中一个残忍的游戏，村里的每个人都忍受着他人的律令约束。在已经卖出4万册的情况下，罗歇·瓦扬把这本书搬上了舞台。《变》是一部浪漫的杰作，叙述巴黎和罗

瓦扬与他的《律令》

马之间的铁路旅程，细节和情节描写很丰富，在某种程度上这是一本给人"您就是书中主人公"之感的书，同时该书结构被作者安排得十分严谨。书中提到的"变"发生在一个男人身上，他因遗失了梦想而深受折磨，处在爱情和文学的绝境中。这种双重失败获得巨大成功，几乎得到评论界的一致颂扬。布托真的不适应，被卷入文学奖的角逐，这不太符合他的品位。获奖名单公布前一个星期的一个下午，布托在圣

---

① 摩尔多瓦语：摩尔多瓦共和国所用语言，摩尔多瓦共和国是位于南欧北部的一个内陆国家，与罗马尼亚和乌克兰接壤。

日耳曼大街和他很欣赏的作家阿瑟·阿达莫夫见面，结果令他非常失望，阿达莫夫像算账一样尝试着帮他预测哪位评委将选择哪本书，以及根据哪些兴趣选择。算了这么多还是没算准，因为罗歇·瓦扬那边正为了获奖而竭尽全力，毫不掩饰地说：名声和金钱他都要，这两大迫切需求是文人圈的通病。很多谣言说他为了让自己更无懈可击，甚至和共产党保持了距离。他觉得这些谣言很卑鄙，他不是在一份揭露苏联入侵匈牙利的声明上签名了吗？而且，他不仅一直持有党籍，还把党员证放在钱包里。在给一位朋友的信中，他承认了自己做出的妥协，但不是政治上的妥协，而是文学上的妥协。他认为，要成为龚古尔奖角逐者，就应该做出妥协，尽管没有任何人要求他这么做："我写《律令》就像炮手拉克洛制作空心炮弹一样。为了获奖使用秘方：要写一个故事，一个爱情故事，要带着浓烈但不刺鼻的芬芳，要让评委会的先生们稍稍感到燥热，要有精心描绘的画面。好吧，首先是我写了一本好书，因为我对这个主题感兴趣，但为了获得龚古尔奖我也运用了那些必要的规则。"

　　秘方！如果布托知道的话……尽管如此，这一年的龚古尔奖最终还是由罗歇·瓦扬夺得，布托获得了勒诺多文学奖。布托满足于此，他有自己的哲学，认为总的来说，勒诺多文学奖更符合他的小说的思想境界。宣布获奖名单的那个晚上，布托没有去餐厅和圈内人一起庆祝获奖，而是去听了皮埃尔·布列兹的音乐会。获奖刺激了销量，也为布托招致大量读

宣布获奖名单的那个晚上，布托去听了皮埃尔·布列兹的音乐会，没有去餐厅和圈内人一起庆祝获奖，招致大批读者的辱骂

者的辱骂信，因为他的书破坏了读者的阅读习惯，但获奖也让他有钱买一套公寓。多年之后，布托做出了值得深思的冷静评价："获奖之后总会有人盲目买书，误读是避免不了的。"

　　有一个词变得很流行。不是塞利纳说的，尽管他任性地反对出版商加斯东·伽利玛，这一年他的《从一座城堡到另一座》仍然由伽利玛出版社出版，在书中，他又严厉地斥责伽利玛，很形象把他叫做"布洛丹"："布洛丹有的是龚古尔奖，有的是存货！有的是一无是处的小说，就像是他拉的大便！啪啦啪啦……"出乎意料的是，在流行语中获得成功的不是这些"甜言蜜语"，而是"漠不关心"一词，在各种谈话中以各种方式被使用，这正是在罗歇·瓦扬的小说中被一个文化层次很高的人物所滥用的词。堂·恺撒是意大利南部的一位老霸主，他给他的管家和雇员制定律令，他的妻子们则给他制定律令。有了名气和财富之后，这个词经历了另一种更微妙的认同。

1958年

　　戴高乐将军借助在阿尔及利亚的一次合法政变回归政坛，伽利玛的幕后军师让·波朗于8月8日写信给安德烈·比利："亲爱的朋友，我之所以能进入文坛您功不可没。除了您我还能询问谁的建议呢？我很想成为您在龚古尔学院的同事。如果这个愿望很荒谬或无法实现，请大大方方告诉我……让·波朗。"一个月以后又写了一封："亲爱的朋友，就当我什么都没说吧! 毕竟, 您的同僚提出的异议并不是毫无依据: 年龄问题、为《新法兰西杂志》效力, 还有其他。我收回龚古尔学院提的要求。不要再提……不过还是要感谢您邀请我去巴比松……让·波朗。"让·波朗在伽利玛出版社的同僚雷蒙·格诺是反对他进入学院最激烈的一个。当然, 波朗后来否认自己曾想进龚古尔学院, 但他入选了法兰西学院。

　　弗朗西斯·卡尔科的葬礼由龚古尔学院低调操办。要选一位新评委接任他不容易。罗歇·瓦扬有预感并被该职位吸引, 但他患了癌症, 大大地让评委们打消了念头。加缪、普雷维尔、埃梅都礼貌地谢绝了邀请, 评委们确实想到了不会拒绝的阿努伊, 但萨拉克鲁跟他有仇, 因此竭力反对, 拒绝接纳阿努伊。布莱斯·桑德拉尔、安德烈·萨尔蒙和凯塞尔都太过年迈, 后者还用尽一切办法等待时机进军法兰西学院。《费加罗报》的老板皮埃尔·布里松倒是对此表现出兴趣, 但相比而言, 评委们还是更喜欢四十来岁的年轻人埃尔韦·巴赞。

　　从第四共和国过渡到第五共和国经历了不少变化, 但文学生活还是照常进行。回归季临近之际, 评委们谈论克里斯蒂安·罗施弗尔的《战士稍息》、阿尔芒·拉努深受喜爱的《布鲁日约会》和罗贝尔·萨巴提埃的《血鸭》。在让·季奥诺, 尤其是雷蒙·格诺的努力下, 龚古尔奖颁给了无名作家弗朗西斯·瓦尔岱的《圣日耳曼或谈判》,小说源自作者的历史研究,他对17世纪与对手切磋的艺术、与敌人和解的方式颇感兴趣。但大家知道季奥诺并没有读过这本书,他从马诺斯克出发,从火车站直奔塞巴斯蒂安–伯丹街①问加斯东该投票给谁、该用什么理由。加斯东将这些写在一本书的书页里告诉他。至于格诺,他已经不止一次支持由他介绍给伽利玛审读委员会的小说。龚古尔奖就这样落到了黑马瓦尔岱的头上。又是比利时人!

　　十位评委中有六位的作品是由同一家出版社出版的。拿什么堵住大家的口呢?《倾听报》的一位记者吹嘘说,在龚古尔奖办公室的二楼大厅里藏了一台录音机,大家找了一通,白忙活。接近决议尾声的时候,已经有预感的菲利普·埃利亚走向壁橱并将它打开。凭着身高优势,他抓住小个子阿兰·阿雅什的脖子,将他拖到同僚面前:"这就是间谍,我把他交给你们!"确实,阿雅什手上拿着一沓记录、一台录音机和一个装在吊灯上用来连接麦克风的接收器。被抓了个现行!其实饶了他也没什么大不了的。"我们的名誉尽毁!"安德烈·比利还是大叫起来。这么说稍微有些夸张了。那位冒失的记者承认,他在饭店里把保险丝烧断了,利用停电的慌乱混进饭店。可以像38年前那么轻松地走出作为"巴黎咖啡馆"的特鲁昂饭店吗?这位擅入的记者交出了录音机并保证不再使用

① 伽利玛出版社所在地。

才被释放。

　　永远都一样，龚古尔奖是一场赌博，不仅是象征性的赌博，本质上也确实会激起一些冒失行为。自1945年起，媒体就大肆报道销量：平均在18万册左右。

1959年

　　提前宣布龚古尔奖桂冠得主的公开传言应验了，这样的情况不多见。的确，《最后一个正直的人》势头强劲，不可能与文学桂冠失之交臂。无名作家安德烈·施瓦兹-巴特在书中用华丽的语言讲述了一个世家传奇［这个家族的内部成员世世代代都享有世袭"特萨迪克"（正直的人）头衔的特权］，以及欧洲十字军东征屠杀犹太人的历史事件。主人公毫无过人之处，放

手拿支票的获奖者施瓦兹-巴特

下武器、没有怨恨，甘愿成为犹太教传说中36个正直的人之一。这本书没做什么推广，靠的是第一批仰慕作品的读者的口耳相传，大家就都想阅读这本书了。然而，费米娜文学奖的女士们偏不信邪，也瞄准了这本文学回归季的重磅小说。

　　这两个最重要的评委会相互争抢已不是第一次，甚至成了一个世纪里不曾间断的惯例，真的什么方法都试过，互相

争先恐后，对日期、消息宣布、协商、客套、资历不屑一顾。这一次，龚古尔奖评委们预感到费米娜奖又要剽窃他们的选择结果，于是略施小计：两个奖都宣布获奖的官方日期公布之后，他们提前一个星期表示已经投票成功，选择是安德烈·施瓦兹-巴特的小说。这叫先下手为强。

埃尔韦·巴赞：他本来应该获得九票或十票，之所以会少一票是因为院士们本着公平原则，象征性地把票投给了其他作家。有人在报纸上进行攻击，让我觉得好笑。如果两个评委会想奖励同一部作品，总有一个会把它收入囊中！（愤怒）毋庸置疑，这部小说是十年来最伟大的龚古尔奖获奖作品，书中具有一种力量、一种威力和罕见的神秘主义，描写了英勇无畏的精神，显示出巨大的真诚。是伟大的龚古尔奖让人们得以向普鲁斯特这样的作家致敬。我从第一天起就支持安德烈·施瓦兹-巴特，很庆幸这场投票胜利收官。（法国广播电台，1959年12月7日，国家视听研究院档案）

对一个作家而言，一出道就写了一部伟大的小说也许是一种不幸。从青年时期阅读启蒙读物《罪与罚》那一天起，安德烈·施瓦兹-巴特就找到了他的写作之路。他是个沉默寡言、天生忧郁、谦逊、狡黠、智慧的人，和他在一起不是交换想法而是真正的交流。尤其是这几个词，他最看重的词，是以这样的顺序组织起来的："没有人处于庇护之下。"他有装配技术教学师资合格证书，以前做过搬运工、贵金属鉴定员。他是马莱区一家服装公司的青年技师，曾经背着人偷偷缝过扣眼。

这位作者把手稿改了几十遍才敢交给出版社。他把自己的书看作是放在墓碑上的白色石子，拒绝在《全民阅读》杂志上透露过多，因为他不想在众目睽睽之下站在墓碑前发表演讲。作品的成功改善了他的生活条件，但没有改变他一直远离整个文学圈的生活。对于那些指出他书中错误的人，他惊讶地表示他们居然没有找到更多错误，他一直表现出"在丑恶面前很天真、内心毫不设防"。他的小说确实是一部杰作，龚古尔奖把他和其他一些作者介绍给读者，可以将一部伟大、艰深、难懂、要求甚高的小说推向大众，以此自豪。而这恰恰是不可原谅的，安德烈·施瓦兹-巴特在法国乃至在国际上的成功引起了激烈的争论，如果不能说是诽谤至少也是恶毒的攻击，首先是文学上的笔伐，而后演变为历史的（"为过时的东西喝彩！"）、宗教的（"他对犹太教一无所知！"）……可以理解他为何毫不迟疑地逃离巴黎、逃离法国、逃离欧洲，为何这么多年都不写东西。

1960年

《岁月的力量》给许多读过这本书的人留下了深刻印象，甚至还没读过这本书的人也是如此，当一本书在文学专

生于罗马尼亚的无国籍人士奥里亚

栏之外引起反响，这是常有的事。但波伏瓦已经得过龚古尔文学奖，我们就不再说了。《小鸟的烦恼》也不错，但阿尔贝尔·希蒙南只有一个真正的支持者，而一位出生于罗马尼亚的无国籍人士，用法语写作的无名作者凡蒂拉·奥里亚多次被提起。不全是好评。他的《上帝在流亡中诞生》成为新闻界猛烈攻击的对象。安德烈·威尔姆塞尔在《人道报》用他了不起的论战才华当众笔伐凡蒂拉·奥里亚，说他曾经和法西斯报纸合作并用化名隐藏身份，1946年被罗马尼亚人民法院判处终身监禁。奥里亚确实是反共产主义的罗马尼亚流亡者，这是不可原谅的，他的文章也确实非常亲纳粹。在11月30日寄给评委会的一份"证词"中，前罗马尼亚驻伯恩大使馆代办乔治·阿纳斯塔修确认，1944年，在罗马尼亚国王加入同盟国阵营时，这位颇受争议的作者和他的妻子追随过国王，但还需要更多的理由才能让大家平静下来。

有三位评委缺席12月5日的午餐：季奥诺待在马诺斯克，巴赞刚刚失去母亲，马克·奥尔朗在家休养。评委会主席道杰雷斯让大家阅读信件，很多是支持奥里亚的，也有人不支持，逼龚古尔学院取消其获奖资格。辩论正酣。龚古尔奖评委会很少成为这么多压力、反压力和手段的焦点,既有公众因素也有政治因素。和文学无关。但评委们想表明,龚古尔奖关注的重点是文学,而不是其他。"十人团"重申,《上帝在流亡中诞生》不包含任何理应受到责备的内容。有人回应称,作家的人品和历史有问题。之后再也没有这么长时间地围着桌子讨论一部作品及其作者过。凡蒂拉·奥里亚向龚古尔学院递交了一封信平息了这场风波:他考虑到和为贵,也为了不对这个接纳他的国家忘恩负义,他放弃领奖;出于同样的考虑,龚古尔奖评委们决定这一年不颁发奖项。他们刚新创了一个"授而不颁"的文学奖,造成这种局面他们是有责任的,但这也不是什么罪过,若非如此,那就相反。

1961年

"上帝"一词又出现在书名中,但这一次支持让·科的《上帝的怜悯》,反对让-皮埃尔·夏波尔的《上帝的狂热信徒》。难以脱身。让·科声称受卡夫卡影响,探讨的是三位一体论:有罪/无罪/赦罪。

让·科声称受卡夫卡影响

同年,为了效仿法兰西学院在评委的椅子上刻字,安德烈·比利想在餐具上刻上每位持有者及其前任的名字。菲利普·埃利亚负责这件事，他前往欧迪奥公司要求将那些镀金餐具融化重制，并在餐具的柄上刻上斜体字。为什么选中欧迪奥公司呢？因为这家公司享有盛名，曾根据路易十六时期的式样为罗马国王制造了摇篮。就在这时，特鲁昂饭店的经理退休了，一个叫圣西蒙的主厨接替了经理的位置。请相信，这可不是乱说的。

1962年

1896年的5000金法郎变成了50新法郎，桂冠得主没有理由表示不满，书店的收益赶上银行了。

自1949年起，也就是在14年间，伽利玛出版社10次夺得龚古尔文学奖，这是相当不成比例的。这一次是安娜·朗菲的

安娜·朗菲

《装沙的行李》获奖，这个书名是从安德烈·布勒东的作品中得来的。和处在相同环境的文学前辈一样，作者辩称她写的不是自传作品，强调了作品的虚构成分。埃尔韦·巴赞接受电台采访时，指出了这部小说的复杂性，但也承认作者笨拙的写作方式中透露出真诚。

1963年

奥里亚事件还在人们头脑中挥之不去,幸好没有人对龚古尔学院主席和秘书长造访意大利提出异议:这两位在诗人加布里埃尔·邓南遮的百年纪念盛典上都发表了演说。

回国之后,评委们只谈论文学回归季的小说。这一次是阿尔芒·拉努或青年作家让–玛丽·勒

拉努在评委会上有不少朋友

克莱齐奥的《诉讼笔录》。前者夺冠呼声更高,不是因为他的出版社实力强,而是因为他在评委会里有不少朋友;而且,他很快就要成为评委会成员。投票过程很险:每人各得五票。主席支持《当大海退潮的时候》,一票抵两票改变了局面,这本书是三部曲的第三部,反映了战争的疯狂以及久久萦绕在战争制造者记忆里的魔力,写一个满怀良知的加拿大老兵回到曾经登陆的海滩。但这位桂冠得主运气不佳:11月中旬揭晓,12月初颁奖,那段时间所有媒体都被肯尼迪总统在达拉斯遇刺的新闻独占了,只有短短几天谈论他。尽管如此,这一龚古尔奖是一年前去世的勒内·朱利亚尔身后的荣光。此后,朱利亚尔出版社就在文学奖的获奖名单上销声匿迹了。这事充分说明,这是一家靠老板兼创立者来撑门面的出版社。它还没有成为一块品牌,一直都由一个人来代表。

乔治·孔雄

1964年

　　奇怪的现象有时会发生：龚古尔奖公布的前一天，整个新闻界都认为某部小说及其作者会获奖，而"十人团"从未提过这部小说和这位作者。太过分了，不是吗？要么是记者被出版商的宣传洗脑了（很有可能），要么是文学专栏作家相互勾结向评委会施压（不太可能）。让人议论纷纷的是让·乌格隆的《乔治·盖尔桑的故事》。但乔治·孔雄理所当然地凭借《野蛮状态》①获得了龚古尔奖，这本书尖锐地揭露了中非黑人和白人之间相互的种族主义，它像铃声一样提醒大家，要接受自己的野蛮状态，以便更好地认识别人。

1965年

　　整个新闻界都认为《钟爱》会获奖。没有什么比这更令评委们恼火了，于是他们改变了主意。除非他们真的钟情于这本小说。作者真的在散文中也带着诗人的气息。虽然雅克·博雷尔之后又写了一部作品，但他还是被这次获奖压垮了。作者是如何介绍他的书的呢？

---

① 中译本把书名译为《女银行家》。

博雷尔被获奖压垮了

　　雅克·博雷尔：书名有几层意思。最重要的一层意思很明显就是指母亲对儿子过度的爱，另一层意思是指儿子对母亲的爱，这种爱还掺杂着薄情、暴力、偶尔的内疚和沉重的解放事业。母亲不仅和儿子相依为命，而且不溺爱儿子；相反，她身上有某些孩子般稚嫩的东西，所以她期待从儿子那里获得一种依靠，绝不是要压制他。他们彼此十分依赖，因此在书中为他们安排了数次喜悦的短暂重逢。如果否认书中的自传成分，我会觉得很荒谬。叙述者饱受孤独之苦而陷入绝境，因此自童年起就有在幻想中撰写这个故事的意向。（法国国际广播电台，1965年12月19日，©国家视听研究院）

1966年

乔赛·加巴尼的《图卢兹战役》被认为最有希望获奖，但位于孔蒂河堤路[1]的40位院士也想把奖颁给他。而他却想孤注一掷，让一个叫巴托尔比[2]的文书转告，说他宁可不要法兰西学院的奖，以便把所有的运气都押在"十人团"那儿。不管怎样，最终"十人团"还是更钟爱西西里民族主义小说《忘却巴勒莫》，这是一位在巴黎崭露头角的记者的处女作……

现在的龚古尔奖评委会主席艾德蒙德·夏尔–卢
当年还是个年轻姑娘

艾德蒙德·夏尔–卢：四个字，这是在西西里岛，尤其在巴莫勒和纽约之间的"来来往往"；这本书相信不同的人物在成功中能找到幸福。但他们不仅没有找到，相反，在漫长的纽约生活中渐渐受故地的召唤，那

---

[1] 孔蒂河堤路：法兰西学院所在地。
[2] 巴托尔比：美国小说家赫尔曼·麦尔维尔的小说《文书巴托尔比》中的主人公。

片贫困土地最后征服了他们。出于各种原因，一个个都更喜欢过去而不是现在。这是一部流亡小说。（法国国际广播电台，1966年12月21日，©国家视听研究院）

1967年

"十人团"不断抱怨文学季的平庸无奇，反过来害了自己，自食其果。一个老谋深算的出版商逮住他们说的话，暗中活动，让他们把奖授给一部除了小说什么都可以算的作品：让-雅克·塞尔旺-施赖贝尔的《美国的挑战》。一篇长达四页的文章《关于龚古尔奖的评定》在这位出版商的授意下甚至就在特鲁昂饭店传阅，称龚古尔兄弟的遗嘱不会因此遭到背叛。出于策略上的谨慎考虑，没有提到那本书的名字，但大家都心知肚明。大家想出这么一个主意：龚古尔奖不颁给纪实作品和随笔，否则就乱套了，跳过这本书，放弃，给大家提个醒。这样的决定，至少是前所未有的，自然需要全体通过。决定通过了，或者说，几乎。缺一票，安德烈·比利的一票，他完全反对：没有任何事和人能动摇他的想法。于是开始投票，即便三位评委还是投空白票，大家面临的是一个现实问题：入围的作品太差。因为要在一位叫米歇尔·巴塔耶写的《圣诞树》和一位叫卡特琳娜·吉拉尔写的《勒纳塔不论什么》之间做裁决，两位作者的作品前途未卜。克莱尔·埃切勒利的《艾莉丝或真正的生活》被放在一边，因为费米娜文学奖的女士们看中了这本书。老评委们想起上一次未能成功裁

迎接芒迪亚格的是一片嘘声

决的事儿，那时并不是文学萧条期，最后却选了保尔·科兰，这事实在不是滋味。还不如选一个已经功成名就的作家，好歹有长期的写作积累，而且名字已出现在初选名单中。大家的意见是，尽管不是他最好的作品，也至少是中上水平。因此在第七轮投票中，龚古尔奖颁给了一部写巴塞罗那的小说《边缘》……

　　安德烈·皮耶尔·德·芒迪亚格：我十分惊喜。首先，在今年的文学奖中，没有任何一家报纸提过我的名字，正如大家所说，倒是因为之前的作品我总是被列入有可能获奖的作家之列。对这项荣誉我没有任何期待，也没有过多关注，甚至不知道这些文学奖是哪天颁发的，是你们把这个惊人的消息告诉了我……（法国国际广播电台，1967年12月20日，©国家视听研究院）

　　向新闻媒体面前公布学院的评选结果时，在特鲁昂饭店的大台阶下，迎接芒迪亚格书名的是一片嘘声。埃尔韦·巴赞毫不犹豫地抨击并向在场者大声地说："我们刚刚为一位已经成名的作家戴上桂冠，但获奖作品却是他所有作品中最差的一部。"

路易·阿拉贡想成为龚古尔学院的一员。凭他的作品和名望,当选似乎是唾手可得的事。但对他而言这还不够。他开出条件:要么一致同意,要么不当选。另外他还打电话通知每位评委:如果你不给我投票,我就退出。没有人敢和他作对,包括从解放以来就不喜欢他、想整他的季奥诺:季奥诺相信,经历过清算运动的阿拉贡对这类控诉应该不会陌生。这简直是在选举元帅。

最初几个月,这位能说会道的新评委抢尽了风头,风光无限。黯然失色的其他评委有的听之任之,有的强烈不满。他的强势很快就惹恼了大家,因此在评委会里只待了不到一年。

1968年

史无前例:只有五位评委围在桌旁。其他五位呢?要么生病,要么赌气:阿尔努出了事故腿不方便(他可以提供医生的证明),埃尔韦·巴赞在伦敦,阿拉贡托人带话说他不来了,另一位被急事缠身,还有一位从来不来。邮局寄来的选票掩饰了缺席。

读一读这次午餐的会谈笔录很有教益。安德烈·比利又想投票给73岁的阿尔伯特·科恩,《魂断日内瓦》的作者。道杰雷斯自称要效仿比利。亚历山大·阿尔努的耳朵几乎听不见了,有时候这会让争论获得出乎意料的结果。他已经表明,如果把票投给这把年纪的作家,将违背龚古尔遗嘱和相关章程。埃利亚、萨拉克鲁、好友格诺支持该看法。阿拉贡也补充说，上一年（芒迪亚格，58岁）的投票结果似乎是对体制的示威。评委们又倾向于米歇尔·拉尔讷耶（《边境小省代朗夏纳》），尤其是贝尔纳·克拉韦尔的《冬天的果实》。

科恩退场。大家可以想象安德烈·比利有多沮丧，他从7月份开始就真刀实枪地推科恩的小说，在《费加罗报》上发表赞歌式的评论，特别写道，与《魂断日内瓦》相比，莫泊桑那些撕心裂肺的段落都显得苍白无力……其他报纸也传开了。

剧本正在酝酿之中：克拉韦尔凭借他的所有作品获得了巴黎市文学大奖，科恩和尤瑟纳尔分别获得法兰西学院文学大奖和费米娜文学奖，因此克拉韦尔的小说不再进龚古尔奖的入围名单——断了念想，甚至有几位评委为此感到惋惜，他们曾将克拉韦尔看作龚古尔奖最后的角逐者，尽管他年龄已大，已有名望。事实上，费米娜文学奖评委会主席西蒙娜

克拉韦尔写了一本无产阶级小说

夫人悄悄放出话来，她的同事们在第一轮就一致投票支持《苦炼》，所以把前面提到的那部作品让给其他文学奖会显得很有风度。的确，尤瑟纳尔在这本书里回忆了泽农·里格尔动荡的生活。泽农是文艺复兴时期的哲学家兼炼金术士，决定冲破那个世纪的想法和偏见，想看看他

的思想会把自己带至何方。从写作技巧上看，这本书确实很复杂。比以往的作品更甚，这部作品一面世就被一家一向避免给文学类别下定义的（这么做不无道理）报纸称颂为"女性文学中的阳刚之作"。

阿拉贡将一直支持弗朗索瓦·努里西耶的《一家之主》，这本书已经获得很大成功。让人纠结的是这本书全然属于资产阶级小说，而《冬天的果实》则是无产阶级小说，但友谊是没有道理可讲的，有时候甚至是不讲理的，何况他确实是幕后操控者。事实上，贝尔纳·毕

阿拉贡很强势

沃在《费加罗文学报》上揭露，阿拉贡向巴黎市文学大奖的共产党员评委和对左翼党派表示支持的评委施压，让他们为贝尔纳·克拉韦尔授奖，以便为他的候选人兼朋友弗朗索瓦·努里斯耶清理龚古尔奖的赛场。不得不说他拙劣的小计谋激起了评奖桌上的质疑和抗议。他态度专横，但这不能为这本书博得支持，而且他很不习惯自己的权威受到质疑。大家都抵制他，一反常态或一反曾经在《今晚报》、《法兰西文学报》、法国团结出版社、全国作家委员会或他占据或曾经占据主导地位的地方大家都以他马首是瞻的状况。"如果你们不听我的，我就辞职。"阿拉贡威胁道。这种要挟很棘

手，评委们冒着他拂袖而去的风险。季奥诺黂出去了，宣布将投票给《星形广场》，这本书出自一位有着意大利姓氏的作者帕特里克·莫迪亚诺，很年轻，没有名气。

12月18日，阿拉贡写信给秘书长，对报刊有意泄漏他的投票意愿表示愤怒。他不会去投票现场，但仍坚决把票投给努里西耶的《一家之主》；获奖消息公布之后，不管获奖者是谁，他都将向秘书长递交辞呈，因为他不想掺和"我们某些同事中间盛行的鹬蚌相争"。他待的时间不满一年。这一切，都是因为他的朋友努里西耶（右翼）输给了克拉韦尔（左翼）。评委会主席一票抵两票的介入打破了平衡，罗贝尔·拉封出版的《冬天的果实》险胜。

菲利普·埃利亚在接受电台记者提问时坦言，他对阿拉贡的辞职和饶舌都不感到惊讶，还补充道："在突然转向……改变和仓促决定方面，对像阿拉贡这样经验丰富的人，我哪能教给他什么。"

后来，努里西耶委婉地肯定这件事情：也许阿拉贡誓死捍卫他的狂热是致命的……再后来，努里西耶成为著名的回忆录作者，他在《如果没有天才》中说，阿拉贡不是像人们说的或写的那样是为了他或因为他而辞职的，但……"还是处于我也被卷入其中的充满阴谋和激情的那场火热的嘴仗中"。

1969年

　　文学奖颁发季前夕，大家已经讨论过哪些小说？罗贝尔·萨巴提埃和米歇尔·巴塔耶的小说，尤其是上一年非常惹人注目的年轻作者帕特里克·莫迪亚诺的第二本小说《夜巡》。然而，拉努从中看出了反对抵抗运动的恶劣倾向。道杰雷斯也看出来了。但是，雷蒙·格诺尽管有

马尔索，一位满意足的剧作家

利益冲突（与他母亲和这位年轻作者未来的证婚人有关，后者是这部小说的第一位读者和出版人），还是和被说服的萨拉克鲁、埃利亚一道成为热烈的捍卫者，直到第三轮投票仍坚持自己的投票，但他是唯一的支持者。雅克琳娜·皮亚蒂埃在《书业》①上的一篇文章中建议……取消文学奖："那些评委，他们什么时候才辞职？他们辞职了，文学奖这出喜剧才会结束。这个机构成了笑料。是消失的时候了……取消文学奖！他们搬运的金钱腐蚀了我们的文学道德。文学气息不再，商业气息太重。"随之而来的是报纸上的辩论。具有讽刺意义的是，就在皮亚蒂埃的讽刺文章旁，有一篇相当辛辣的长文，只谈文学，非常详细地论述了写作风格的问题：署名是费利西

---

① 《世界报》于1967年新办的专刊，由雅克琳娜·皮亚蒂埃创办。

安·马尔索，一位心满意足、五十多岁的剧作家，这一年他凭借《克利吉》荣获龚古尔奖。

文学回归季的其他文学大奖（费米娜奖、勒诺多奖、美第奇奖、联盟奖）都把奖颁给了不错的作品。只有一部小说被晾在一边：《瑞典火柴》。除了公众之外，所有评委都把它忘了，这本书不是一无是处，应该承认这一点。罗贝尔·萨巴提埃借助读者向评委们回击：将近一年，他的小说一直居于销售榜之首，远远超出所有的获奖小说。

随着他出的龚古尔桂冠作家和龚古尔奖评委的作品越来越多，克洛德·伽利玛不再满足于回应说，这种比例不当与出版社的产量和他坚持不懈挖掘文学作品有关，他还补充道："没有出版瑞典学院成员的书，伽利玛出版社照样在30年内获得14次诺贝尔文学奖……"

尽管如此，在20世纪40年代末到60年代末这20年间，伽利玛出版社获得了13次龚古尔文学奖、10次费米娜文学奖。还有更好的事吗？没有。而且这些都不是蹩脚的文学奖。在此期间，有三部龚古尔奖作品的销量突破50万册大关：罗歇·瓦扬的《律令》、西蒙娜·德·波伏瓦的《名士风流》、罗贝尔·梅尔勒的《碧血长天》。

1970年

评委们有意让马尔罗接任这一年去世的季奥诺或马克·奥尔朗，但他更喜欢弗尔里埃那边的清静。这时，大家注意到饭厅里缺女评委。事实如此，自从科莱特去世之后就没有女评委。大家竟想起波伏瓦和尤瑟纳尔，但她们不愿意，何况后者加入了美国国籍并生活在美国的一个岛上。于是，费米娜文学奖的女评委弗朗索瓦兹·马莱–乔里被挖了过来。

很晚才发表作品的图尼埃

大家谈论很多的是《桤木王》……

米歇尔·图尼埃：我的人物阿贝尔·迪弗热在监狱里如鱼得水，这似乎不合常理，但有先例：安德烈·卡耶特的精彩电影《横渡莱茵河》（又译为《明天轮到我了》）中的小个子糕点师阿兹纳夫。首先是戈林[1]，第三帝国的猎犬狩猎队队长、森林吃人魔乔埃兰，然后是希特勒。迪弗热吃惊地得知，每年4月19日，即元首生日的前一天，50万个10岁小男孩和50万个10岁小女孩参加纳粹青年团。用100万小孩子来当炮灰。我的主人公有着根深蒂固的吃人天性，为这个人身牛头怪物[2]着迷。

---

① 纳粹德国元帅。
② 希腊神话中饲养于克里特岛的食人怪物。

这是他的天国也是他的地狱，因为他发现纳粹主义和他想象的完全相反，最后他死于纳粹主义。（法国国际广播电台，1970年12月23日，©国家视听研究院）

这位作者四十来岁，长期在伽利玛出版社工作并一直写作，很晚才决定发表作品。至少可以说是写作的开门红鼓励他坚持下去：三年前出版的第一本书《星期五或太平洋上的虚无缥缈境》获得法兰西学院小说大奖，第二本书被授予龚古尔奖，多亏第二轮投票中雷蒙·格诺的关键性一票。作为当事人，这位作者看到的不是利益冲突，相反，他看到的是一位了不起的职业审稿人的操守；因为他知道格诺捍卫这本书是由于客观的文学质量，尽管主观上十分讨厌他……当有人声嘶力竭地叫嚷，文坛的先遣队一定要给自己人颁发龚古尔奖时，事情就变得复杂起来了。

1971年

让·季奥诺的席位空出来了。格诺、埃利亚和萨拉克鲁想让费利西安·马尔索当选。评委们对此没有任何异议。恰恰相反，每月一次和马尔索共进午餐，没人觉得有什么不方便。至于马尔索嘛，他欣然接受。当选看来是八九不离十了。就是走个形式罢了。这事几乎……最终当选的却是贝尔纳·克拉韦尔。如何解释这戏剧性的一幕呢？这对当事人马尔索而言即使不算侮辱也是很不愉快的事情。在一次次的午宴上，评委

大家都想让马尔索来接替季奥诺

们心照不宣，大家都清楚，随着季奥诺的去世，很久以来第一次……来自伽利玛出版社的评委成为少数派，这并不是坏事。既然如此，为什么不利用这次机会维持现状呢？费利西安·马尔索和他的三位支持者，在《新法兰西杂志》的白色丛书里出了书，他们作出这一决定并不奇怪。有望成为评委的人就这样一朝得志，又在一夜之间被逐出局。

"十人团"的餐桌旁，评委们焦躁不安，唇枪舌剑，你来我往，谈论着言语的过失、被遗忘的承诺、阴谋、与这个文学团体不相称的大转变；很快，平常不敢用的"背叛"一词出现了好几次，会场气氛很紧张。萨拉克鲁勃然大怒，骂道杰雷斯是骗子，是不道德的人。违心让一位三流小说家当选评委,格诺、埃利亚和萨拉克鲁"三人帮"感到不满,决定不再和其他评委共进午餐。记者们都在前厅等候,这就让这次决裂显得更加正式、更具有历史意义。"三人帮"离开了房间,拉努马上谴责他们:"你们这样做很不明智,甚至很愚蠢。"他在《日志》中记录道:"伽利玛的三作者甩手走人了,因为伽利玛出版社的候选人没有被选上,这是在表明一种态度。"

新近接任刚刚去世的安德烈·比利的萨巴提埃作出保证,他将逐渐放弃阿尔班·米歇尔出版社文学部主任的职权。

主席道杰雷斯身体不适,由副主席巴赞代拟年终收支决算报告。这再次说明不能忘了道杰雷斯的忠告:"年终收支结算报告越短,说明这一年越好,没有丧事、离职、争论、抨击或失望逼我把文章拉长。"

其实,过去这一年发生了太多事情,以至于走进了死胡同。巴赞在报告中如实回忆了内部危机,比如"三人帮"的离开和摔门的噼啪声、真真假假的辞职和缺席,还有萨拉克鲁在电视上的辱骂。自尊心的伤口确实需要一段时间才能愈合。葬礼往往是证实恩怨纠葛、估量积怨有多深的机会。在某些情况下,死亡都不足以消除怨恨;有事实证明这一点,菲利普·埃利亚在遗嘱中写道,龚古尔学院的任何成员不许跟随他的柩车,要把主席道杰雷斯强行逐出公墓大门,必要时可以动用武力。

雷蒙·格诺不再出现在特鲁昂饭店。他没有辞职,而是通过委托书或信件继续投票，否则就投空白票。他拒绝和龚古尔奖评委见面以回到他原先的位置，这种情况一直持续到1976年他去世。

三年前，龚古尔学院几乎全体成员出席道杰雷斯的葬礼，只有格诺和埃利亚缺席，十分显眼。文坛真是很残酷。

他是时代的象征，大家想在"我知道什么？[①]"中给他出本专刊。因为他象征着龚古尔学院的力量。其实，这只是龚古尔奖评委们自己想入非非；负责这项任务的阿尔芒·拉努和《费加罗文学报》的专栏记者贝尔纳·毕沃联系，想让他撰文，可是毕沃礼貌地拒绝了，因为在这件事情上他有其他打算。拉努又去找法国大学出版社的老板菲利普·加尔辛帮忙，那套著名的小丛书就是他编的，但他立马礼貌地拒绝了，因为他的选题已经很满了。

巴赞也说大家好像也不希望老是把奖颁给"老家伙"，不管这些"老家伙"是四十岁还是五十岁，那些人当评委更合适。

那么龚古尔奖究竟花落谁家？这次文学回归季谈论较多的是安吉罗·里纳尔迪、让·端木松、皮埃尔-让·雷米和帕斯卡尔·莱内的新书，这几位都得了奖，不过是由其他奖的评委会颁的。龚古尔奖则将焦点放在迪迪耶·德库安的《阿

[①] 法国大学出版社1941年创立的一套丛书，分专题介绍人物、事件或学科。

洛朗的《蠢事》一面世就得到好评

布拉罕·德·布鲁克林》和雅克·洛朗身上。《小鸭子》出版差不多20年后，洛朗推出了他的第三本书。将近600页的大部头，看不出究竟属于什么体裁，但很明显，作者在书中加入了自己的生活，20年来，他变得更成熟。虽然作者是这个苦难凶险故事的中心，但该作品并不完全是自传。大家祝贺洛朗，他经历了数年的论争、斗争、讽刺和笔战之后重新回归文学。尽管他的作品与"新小说"派在形式上的实验毫无关系，他也绝不是传统意义上的作家。那部叫做《蠢事》的作品一面世就得到广泛的口耳相传，书中不乏令人困惑的表达手法，行文看似无厘头，实则安排缜密，应有尽有。这幅50年代圣日耳曼德普雷的风情画，快赶上奶油千层糕那般丰富了，作者自己也承认这是一部四不像小说。说到底，可以算是一个人物想象的回忆录，他可能有作者可能有的生活；作者任凭自己老去，以便让自己20年前就开始了的创作变成陈酿。

矛盾的是，书是在格拉塞出版社出的，但是不遗余力帮助作者完成手稿、支持、推广并把作家推到各个评委会遴选名单上的人确实是一个出版人，但不是洛朗的出版人，而是圆桌出版社的老板，他这么做完全是作为一位忠诚而无私的朋友，只有不认识他的人才会对此感到惊讶。不过，还真要为洛朗·罗当巴克喝彩！因为支持雅克·洛朗不容易。首先，他是右派，这一点很早就被部分报纸媒体曝光；他绝对是极右派，因为这位论战者曾在自己主持的著名刊物《巴黎女人》和《艺术》上强烈反对萨特、存在主义、莫里亚克、戴高乐和其他名人，这些都有迹可循。另外，他蔑视文学奖，还对《费加罗文学报》的专栏记者贝尔纳·毕沃直言不讳，文学奖消息公布的前一天毕沃采访了他。为了让他免受这致命的一击，毕沃当晚就在报社给他打电话："如果您愿意，现在收回您对我说的关于文学奖的言论还来得及。否则，我就把原话登出去了，还会加一个副标题……"一个字都没收回。尽管如此，勒诺多文学奖的评委们第二天依旧把票投给了《蠢事》。第三天，龚古尔奖突然宣布洛朗得奖。第一轮投票中他只有一票，评委们觉得自己犯错了。消息一公布，特鲁昂饭店里掌声雷动。对洛朗而言，既是荣誉也是财富，通常，这些东西都归在他的分身赛西尔·圣-洛朗①名下。但是好景不长：领奖的那个星期还没结束，税务机关就扣押了他的版税，因为他欠了35万法郎的税。洛朗很冷静，点了一支烟，说："至少可以证明税务官听广播了。"总之，除去税务官收走的钱，洛朗很快就把剩下的那部分钱全部砸在了豪华酒店和高档餐厅上。

---

① 赛西尔·圣-罗朗是雅克·洛朗的原名。

1972年

一位评委去世了，席位空了出来。评委会在两位龚古尔奖前得主之间犹豫，罗贝尔·梅尔勒和米歇尔·图尼埃，最后当选的是后者。

又一位被文学桂冠扼杀的作家

获奖方面，这一年是"让·卡里埃尔"年，他的小说《马鄂的雀鹰》写一个孤独的男人，费很大劲在山中打井，隐居在20世纪塞文山脉高山地区的居民、新教徒和天主教徒当中。评委会把奖颁给了这个与大自然强烈的美相呼应的故事，没有将之归为地域小说，那是个幽灵，对季奥诺的众多弟子构成了巨大的威胁。结果大大超乎意料，小说获得了巨大成功，作者却没法回到原来的状态。据他承认，文学桂冠扼杀了他。

在一部名为《一个龚古尔奖获得者的代价》的自传性作品中，他详细列举了这个最具声望的文学奖以及小说卖出将近200万册的成功给他带来的所有不幸。插一句，他的获奖以及小说的热卖把出版商让-雅克·波韦尔从破产的危机中解救出来，至少是这一次。话虽如此，人们永远不会知道，原因就不用说了，得奖的压力会不会让一位新晋作家感到难以负荷，令他再难有好作品，因为不知道他是否还能写出同样棒的东西。让-路易·博里在让·卡里埃尔之前就有同样的经历，他承认："得龚古尔奖并不是全部，重要的是要不让别人妒忌，我向您保证要做到这点很难。"

1973年

餐桌上又少了几位评委。作家让·盖洛尔当选，他曾经为阿兰·雷乃的纪录片《夜与雾》写过令人难忘的评论，同时也是瑟伊出版社的文学主管。但还缺一位女评委，于是，弗朗索瓦丝·萨冈的名字再次传来。她考虑再三，犹豫不定，想到要花好几个星期去阅读别人的书，最

龚古尔奖第一次颁给了一个瑞士人

后还是放弃了。没有其他女性像她一样有眼界、足够出名、著述等身、年纪成熟又不至于太年迈。太难找了。最终是艾玛纽埃尔·罗布雷斯当选。

来点新鲜空气！特鲁昂饭店的窗子打开了。巴赞让评委会去巴黎化，将之引向法语国家，让评委们驰骋于法语国家的作品之中。"我们不是职业生涯结束的文学奖。"他还想借机摆脱出版"三人帮"，因为"伽利格拉瑟伊"①不时受某

━━━━━━━━━━

① 指伽利玛、格拉塞、瑟伊三大出版社。

个冒失鬼的挑战。这想法太大胆了，因为"法语国家"是一个让人逃离或者说使人轻松平静的词，随地域和环境的不同而不同，其实，对于所有重视法语语言和文化的人来说，这个词指的是一种高贵的现实。实际上，自从进入评委会，巴赞就表达过消除隔阂的意愿，不仅要将龚古尔奖扩展到外省（在那个幸运的时期人们还不说"大区"），与合作者携手，设立附属文学奖，彰显地方文学，还要扩展到讲法语的遥远的土地上。

这一年的获奖作品呢？《法兰西晚报》著名记者吕西安·博达尔的第一部小说《领事先生》引起轰动。可能有点过于符合评委们的品位了，思考之后，评委们觉得博达尔不需要他们。为了进一步开阔视野，拓展到具有某种反抗精神的法语区，龚古尔奖第一次颁给了一个瑞士人——洛桑的一位语文老师雅克·谢赛克斯的《吃人妖魔》，这是他最出名的书，也是这本书让他一举成名。

雅克·谢赛克斯：对来自瑞士法语区的瑞士人而言，获得龚古尔奖也许比一位年轻的法国作家更重要、更震撼，因为法国作家是伟大文学的当然拥有者，而我们呢，长期生活在一个被孤立的地方，甚至像拉缪兹[1]

---

[1] 瑞士著名诗人、作家，200瑞士法郎纸币的正面人物。

这样的人物都没有权利在法国文化中占有一席之地。因此这次转向法语国家的举动相当重要，具有决定性意义。我在瑞士法语区的记者朋友、评论家朋友和作家朋友都深受感动，因为这个卓越的文学奖的颁发也让人想起了他们。（法国国际广播电台，1973年11月19日，©国家视听研究院）

很长一段时间内，瑞士法语区都在议论雅克·谢赛克斯对自己国家和居民的爱与恨、对思想老派的同胞的唾弃、对狭隘的夜郎自大的揭露，挑战越大便越是喜欢。这种既形而上又感性的个人风格在他的很多书中都有所体现。从1956年起，死亡就在他的所有文字中萦绕不去，那一年他的生活被彻底颠覆了，以他父亲的自杀为标志，那是一个闹出丑闻的老师兼著名词源学家，是一个卡萨诺瓦式的恶魔："很长一段时间，我都是罪父的罪子。"谢赛克斯说。

一个月以后，评委会前往瑞士法语区，将象征性的支票交给桂冠得主。要养成这种习惯。接下来的几个月，还有其他集体远行：布鲁塞尔，然后是蒙特利尔。

1974年

龚古尔奖颁给了帕斯卡尔·莱内的《花边女工》，书名的灵感来自于维米尔①的画。《花边女工》险胜勒内－维克

---

① 维米尔（1632~1675）：荷兰最伟大的画家之一，"荷兰小画派"的代表画家。

《花边女工》的作者莱内

多·皮雷斯的《诅咒者》，在第五轮投票中，每人总计各得五票。主席巴赞拒绝行使一票抵两票的权力，因为他觉得这种做法有违民主。下一轮投票中，米歇尔·图尼埃打破了平衡……新闻界开始挑评选规则的错，引起轩然大波：对一票抵两票的权力进行争论。然而，这种权力本身就是随意的。

1975年

　　这一引起流言蜚语的事件以喜剧的基调开场，险些以悲剧收尾。两位偏离文学的人物成为评奖事件的主角：演员杰克·修卢瓦和"作者解放阵线"创始人兼组织者让–埃德尔·阿里耶。10月7日，米歇尔·图尼埃在饭店门口被年轻的抗议者泼了番茄酱，他们反对"文学奖腐败"，高喊"图尼埃，为你授勋的是人民"；罗贝尔·萨巴提埃也受到同样的"礼遇"。人们散发传单，《新法兰西杂志》办公楼的墙上被涂上"新闻出版司法组织。首次警告"或者"净化龚古尔奖。首次警告"的文字，阿尔芒·拉努给米歇尔·图尼埃取了个绰号"文坛的阿明·达达①"，所有这些都引人发笑；还有人威胁

───────

① 东非国家乌干达1970年之前的军事独裁者。

说要对特鲁昂饭店进行恐怖袭击，点火设备和莫洛托夫燃烧弹被放置在弗朗索瓦兹·马莱–乔里的家门口，造成了破坏，评论家马修·伽雷和乔治·夏朗索尔家的情况也是如此，这就让人笑不出来了。修卢瓦被捕入狱。

龚古尔奖怎么样了呢？有人说在神秘莫测的阿雅尔和毫无神秘感的伽罗之间徘徊。不知道推出埃米尔·阿雅尔的名字是不是雷蒙·格诺在故弄玄虚……完全是他的风格！对他而言是绝妙的反戈一击！多妙的棋局！多妙的丢卒保车！确实，几个星期以来，巴黎文学界对此人的身份众说纷纭，他化名埃米尔·阿雅尔，法国水星出版社出版的《如此人生》署的就是这个名字。投机！谣言、反谣言、谜一般的会晤、假线索到处都是！凡是见过本人、见过作家或者深谙阿雅尔文笔的人，对其真名保尔·波洛维奇都有自

神秘莫测的阿雅尔

己的版本。其实真正的始作俑者是罗曼·加里，他的舅舅（他母亲的一个表兄）。这位具有布列塔尼风格的人不急于说明真相，顶着外界的压力，想到自己将成为唯一一个两次获得龚古尔奖的作家，他感到激动万分，心醉神迷。

罗曼·加里：这个男孩（保尔·波洛维奇）无法忍受

因名望过高而失去自我，他是一个极其温柔善良的人，一个可以被称为边缘者的人。去年他退出了所有的文学奖竞选，多愁善感的他觉得这么做等于在背后捅了他的出版商一刀，他很恐慌，因此重拾最初的决定，那就是拒绝文学奖。请站在一个年轻人的立场上想一想，他的家族中不乏名人，有人以广告为条件，跟他谈"罗曼·加里制造"，他不愿意。今天发生的一切表明，如果想保护自己的私人生活，出版作品是错误的选择。只要有一定的知名度，那些家伙就会变成名声的囚徒。我想要的一切就是埃米尔·阿雅尔能够继续写作……

"人们说他是重新写作……"

"他妈的，他妈的，他妈的，他妈的！"（法国国际广播电台，1975年12月21日，©国家视听研究院）

结果，大家忘了这部小说的真正价值。龚古尔奖的评委们对此并不在意。最后，他的作品在第八轮投票中击败德库安和莫迪亚诺的作品。只是，几天以后，阿雅尔拒绝领奖。他写信解释道，不管是龚古尔奖还是别的什么奖，他一无所求，他已经受够了这个圈子，想找回以前的生活。他恰恰忘了一个细节：龚古尔奖首先是授予作品，其次才是授予作家。作品是不会自己拒绝的，作家最多只能要求不要在书上包上龚古尔奖的红白腰封。然而人们不知道的是，凡是拒绝领取版税的作家，无论是获奖的消息还是拒绝领奖引起的轰动，必然会使版税大增。

　　说到底，在阿雅尔事件上，龚古尔奖的评委们似乎是文学共和国所有居民中最不用尴尬的。他们两次为不同身份的同一个人戴上桂冠，只能证明这是品位和评判标准的一种延续。

1976年

　　在第二轮评选中，龚古尔奖授予帕特里克·格兰维尔的《金凤花》①，这部极具巴洛克风格的小说战胜了伊奈斯·加涅蒂和居伊·格鲁西的作品。

常来中国的帕特里克·格兰维尔

　　帕特里克·格兰维尔：

我写了一部历险小说。不该把毫无价值的东西扔给广大读者，那是蔑视读者。读者喜欢写得好的小说，要有曲折的情节和一个重要的人物，在我的书中是一个疯狂的非洲独裁者，金刚和猿人泰山的杂交，他把他的全部人马都带到了丛林。这样的小说才能像《白鲸记》、《吉姆老爷》、《阿拉伯的劳伦斯》、《米歇尔·斯特洛戈夫》②一样赢得大众的喜欢。（法国国际广播电台，1976年12月15日，©国家视听研究院）

---

① 又译为《火焰树》。
② 又译为《沙皇的信使》。

1977年

　　这一年，迪迪耶·德库安的《约翰地狱》被授予桂冠。埃尔韦·巴赞的年终收支决算报告像往常一样很有气势："'龚古尔人'虽然缩减为十人，但他们有力地抵制了文学圈的污染，我觉得他们不会很快灭绝的。"

德库安的《约翰地狱》获奖

　　贝尔纳·克拉韦尔辞职了，因为他的眼睛不允许他再读这么多书，说实话，他也没有那么多时间。事实上，正如他毫不迟疑地承认的那样，他认为里面有人作弊，因为他觉得每个评委在最后一轮投票中都不会反对自己的出版商。但这话从他口里说出来却有些自相矛盾：他自己获龚古尔奖的作品是由罗贝尔·拉封出版的，这不是活生生的例子吗？

　　巴赞从未接受克拉韦尔的离开，至少没有接受他离开的理由，龚古尔学院为他颁奖、选他做评委，把籍籍无名的他推上位。他这样做就是忘恩负义，不过，这个决定和角色选择的错误不无关系，因为克拉韦尔是个地地道道的平民小说家，没有文学底子，自学成才，操心自己的作品多过操心别人的作品，从来就不是一个文学评论家；此外，他是个离群索居的人，不会为了一点小钱而出入上流社会或巴黎圈子。他自己也承认："我没有坚守在岗位上,我不是一位优秀的小说审读者……"巴赞为他的辞职感到难过,即使新闻界对辞职事件大肆炒作,巴赞还是只把它当作是作家的谨慎使然,而不是当作丑闻来说,该事件在他嘴里留下了苦涩的味道:"啊,新闻编辑对报信大天使的友谊……"

这是近几年内第三次了,龚古尔奖的评委们因为克拉韦尔而内讧,打得不可开交。克拉韦尔说,对此他也没有办法。尽管如此,对一个和平主义者而言,这就不被看好了。

1978年

龚古尔奖和诺贝尔文学奖有一个共同点,如果一位作家的名字,年复一年、日复一日,经常出现在评选名单中,他就最终会拔得头筹。这也证明了评委们文学品位的持久性,这种品位是由时间而定的,也证明了他们有慧眼识珠的能力,从年轻作家崭露头角的那天开始。这一年,帕特

莫迪亚诺后来还得了诺贝尔文学奖

里克·莫迪亚诺在第三轮投票中胜出,六票对让-迪迪耶·沃尔夫洛姆的《狄安娜·朗斯戴尔》三票、乔治·佩雷克的《生活说明书》一票,仅仅一票;莫迪亚诺的脱颖而出不仅仅是凭借他的第六本书《暗铺街》,值得注意的罕见现象,还因为

他的"所有作品"，公告中明确指出了这一点。

帕特里克·莫迪亚诺：我是个天性悲观的人，因此我过去常想……因所有作品而获奖有些吓人，因为感觉作品一旦完成，作者就已经……我的大部分小说，不能说全部，总有"德军占领时期"缩影式的写照，这很正常，实际上像我一样出生在1945年的人都有点像战争的产物，因为他们是在两次轰炸之间或者是解放庆典期间孕育的，和1919年"一战"后出生的人一样。但是现在，如果写书，我想我不会再谈论这些……我的小说中也不全是关于德占时期的，不管怎么说，那完全是杜撰出来的，不符合……那种气氛不如说有些……有些……我将尝试着写一些不一样的东西，因为不能一直写……同时也应该尝试着……也就是说我目前所写的和人生的某个年龄段有关联；和青少年时期有关联，或者和童年时期触动我的东西有关联，但也许现在应该……33岁之前可以寻找父亲的形象，但之后，这就变得有点……应该成为一个大人，不能一辈子都止步不前……（法国国际广播电台，1978年12月20日，©国家视听研究院）

1979年

托尼·杜维尔的《大西洋岛屿》入围前几轮评选的名单，但龚古尔奖颁给了《大车贝拉吉》，这是一部用大西洋彼岸的古法语写成的史诗，成千上万的阿卡迪亚[①]人拒绝向英国国王宣誓效忠，通过被流放至英国殖民地的寡妇勒布朗的行为来表现。作者安多瓦

马耶是第一位获龚古尔奖的魁北克人

纳·马耶是第一位获龚古尔奖的魁北克人和非欧洲人。为此"十人团"的主席立刻从太子港[②]发来电报："那我们（法国人）呢？"龚古尔奖公告确实向"这位来自大西洋彼岸的法兰西风情的证人"致以敬意。阿尔芒·拉努明确指出："我投票给安多瓦纳·马耶，因为这是唯一有着崇高风格和笔调的书，但我担心这种崇高过时了。"

安多瓦纳·马耶：这是一个令人愉悦的惊喜。我以我的祖国的名义、我个人的名义、三个世纪以前从巴黎出发的祖先的名义向你们保证，这是一个令人愉悦

[①] 阿卡迪亚在北美东南沿海一带，包括今天加拿大新斯科舍省和新不伦瑞克省。
[②] 太子港是海地共和国首都，位于西部沿海，是西印度群岛著名良港。

的惊喜，这位祖先的名字几乎和我的一样，安托万·马耶；三个世纪之后，我成为第一个为了领奖而回到巴黎的人，我的祖先没有指望过能够等到这一刻。这很重要，因为这个文学奖第一次颁给加拿大，当然也是第一次颁给阿卡迪亚，我是第一位在阿卡迪亚以外发表作品的阿卡迪亚作家。当然我们要感谢法国把这个文学奖拓展到法语国家，甚至拓展到大西洋以外的地方。

（法国国际广播电台，1979年12月19日，©国家视听研究院）

有一个新词专门为纳瓦尔而创

1980年

10月28日，埃尔韦·巴赞在开会时突发心肌梗死。这跟伊夫·纳瓦尔令人震惊的《动物园》获得这一年的龚古尔奖没有关系。这部作品描述了野心、牺牲和罪恶。出身良好的同性恋者写的关于出身良好的同性恋者的小说，这位同性恋者所处的社会既不理解也不接受他的与众不同，他被和吃自己孩子的克罗诺斯①一样专制的父亲送去做脑叶切开手术。令人

---

① 希腊神话中的泰坦巨神，为该亚所生的最小的儿子，他后来推翻了他父亲乌拉诺斯，成为第二个统治全宇宙的神王，但被预言也会被他的儿子推翻，所以子女一出生就把他们吃掉。

震惊吧？对这位自称儿童时代读过的书（尤其是塞居尔伯爵夫人书中不道德的行为）对他影响很大的同性恋者而言，不会。大家几乎相信有一个新词是为他而创的，只为他一人而创：同性性爱。相比其他医学气味太浓的词而言，更诗意、更适合他。

1981年

讨论得较多的有罗歇·博尔迪埃的《伟大的生活》、米歇尔·图尼埃强烈支持的米歇尔·德·卡斯蒂罗的《法令之夜》，尤其是吕西安·博达尔的《安娜·玛丽》。《安娜·玛丽》讲述的是法国驻中国成都领事的妻子，也就是博达尔又爱又恨的母亲的悲剧命运。直至生

在文学上大器晚成的博达尔

命的尽头，博达尔都一直自责不该任由母亲在孤单中疯疯癫癫地度日。这位67岁的小说家一直到第五轮投票才胜出。"他的"报纸——《法兰西晚报》头版头条大标题《龚古尔奖花落吕西安·博达尔》占据了头版的四栏。这位在文学上大器晚成的大记者又一次享受了殊荣，他的书销量超过100万册。

吕西安·博达尔：要完全让大家认可我是小说家，

我感到有些困难。刚刚获得的龚古尔奖肯定了我是一个彻头彻尾的作家。即使我不放弃记者工作，即使我还会时常写文章，从今以后，我的主业是写小说。奖项，是为了鼓舞人而设的，所以从今以后我将比以前更努力地工作，我的房子、卧室、打字机、铅笔、尽可能在上面好好写的白纸，还有献给稿纸的我自己。

1982年

继父亲拉蒙·费尔南德兹角逐龚古尔奖五十年之后，多米尼克·费尔南德兹凭借《在天使手中》抱得大奖归，不是传记，是在不可抗拒的吸引力之下写成的小说，写的是一位伟大的诗人、作家、导演，总而言之是以地地道道的艺术家皮埃尔·保罗·帕索里尼为原型创作的一个自我毁灭的故事。他可悲的下场应该说他是自甘堕落，被一个17岁的雏妓杀死在澳斯蒂泥泞的海滩上。故事还有其他的版本，但小说家更热衷于重塑帕索里尼在追求危险和堕落的道路上的内心真实。

父子同逐龚古尔奖的费尔南德兹

1983年

12月16日，热罗姆·加尔辛在他主持的电视节目《信箱》中介绍弗朗索瓦·威尔冈。威尔冈保证自己会被下一届龚古尔奖垂青，"否称将成为笑柄"。压力很大，但评委们可不喜欢这一套。有时候这种做法会适得其反。

有人说《最佳报》在餐厅装了窃听器。又是阿雅什的一出闹剧！对惯犯而言，上次的惩罚太轻了，这个小记者成了报社的老板。随着时代的发展，他的手段也越来越高明：在加永广场另一边的一所房子里，"狗仔队"装了一个话筒杆。真是胆大包天！记者们甚至在前一天给每个评委打几通电话，录下他们的声音，以便接下来整理发言内容时不会搞错，因为窃听器只有声音没有图像。这一次刊登二十栏："龚古尔奖的秘密，仿佛您亲临现场。法国式的水门事件！"但读后却让人大失所望：就是在讲杂事，也就是书的杂事。如果咨询过弗朗索瓦·努里西耶就会知道，谈话的表面内容没有弦外之音重要，大家知道弦外之音是可以逃过精密技术的探测的。

最后，弗雷德里克·特里斯当凭借《迷惘者》夺冠。《迷惘者》是一部以双重人

没有丑闻的特里斯当

格为主题的杰作。没有丑闻，但安德烈·巴朗用他特有的讽刺写了一篇评论文章："是基因突变，不过这种事不会再发生了。"和他的小出版社同名的幸运的出版商，第一次也是最后一次在圣安德烈艺术路33号接待文学圈的精英，当然也不可避免地接待了一些习惯于赶场子的食客，这条路勾起了轻骑兵的青春回忆，米歇尔·德翁、雅克·洛朗，还有其他几个人：这也是30年代卖保皇党报纸的那帮人的地盘，让人回想起典型的普罗旺斯风格的厨房（普罗旺斯鱼汤、旋转式烟囱帽和三孔笛），当时伙食都是都德夫人操持的。

1984年

已经5月份了，格拉塞感觉对龚古尔奖没有把握了。贝尔纳–亨利·莱维的《萨特的世纪》希望渺茫，尽管如此，圣父街的作者兼评委们还是在悄悄议论出版社可以指望的作家，

玛格丽特·杜拉斯，她的《情人》成了超级畅销书

比如刚刚签约准备出版剧本的艾玛纽埃尔·罗布雷斯，还有已经在该出版社出版作品的罗贝尔·萨巴提埃的妻子。

不管怎么说，玛格丽特·杜拉斯的《情人》一出版，各种预测就铺天盖地。《情人》是文学回归季的重磅之作，已然伴随着误解，因为这部

作品乍一看经常被当作是自传作品，而其实是虚构小说。对此，作者是始作俑者，她不仅在书中播下了一连串事实的种子，还任由世人评说。媒体把它当做一个事件来炒作，书卖得很好，一下子就迎来各方美誉；和毕沃面对面的访谈《杜拉斯专访》很快把她推到了巅峰。节目的效应使书店掀起了一场海啸。从杜拉斯事件演变成杜拉斯现象。

　　面对这样的形势，龚古尔奖的评委们怎么会无动于衷呢？即使以往没有这样的习惯，也应该前往书店买杜拉斯的书，因为午夜出版社原则上从来不给文学奖评委会寄书。如果把奖颁给杜拉斯，她可能会拒绝……琢磨一下她是怎么想的吧！她确实还记得，有时还带着一点怨恨。1950年她曾指望《抵挡太平洋的堤坝》得龚古尔奖，却失之交臂，那种冷漠和拒绝，让她感觉如骨鲠在喉……不过，这是34年之后的绝妙回击，尤其是在她看来，两本书探讨的是同样的主题：金钱、性、殖民地、兄弟、情人，当然还有母亲。出于谨慎，米歇尔·图尼埃试探出版商，想知道万一得奖……

　　艾玛纽埃尔·罗布雷斯的小说最后只获得安德烈·斯蒂尔这一票，这位评委像忠于党一样忠于他们共同的出版商，他原本希望至少能比贝尔当·波瓦洛−德尔佩士的《36年夏》多几票，没想到《36年夏》收获了三票：在《书业》的连载评论中，斯蒂尔不仅没有表达对这本书的喜爱，反而指责作者对别人的作品无动于衷（言下之意：他的作品）；如果风格统一一点该多好！不管怎么说，那两部小说都被卷走六票的

《情人》远远地甩在后面。新闻编辑们想起龚古尔兄弟的遗嘱规定，该奖应该颁给"年轻人"的。嗯……杜拉斯刚刚庆祝完她的70岁生日，但强调一位女士的年龄似乎不合适，何况还是一位了不起的女士。因此评委们让大家注意，从杜拉斯有可能并应该被授奖的那段时间起，龚古尔奖就好像是给她所有作品的一个安慰奖。再说……作者、出版商、评委会，大家都很满意。投票之前就已经卖出了几十万册，正如罗贝尔·萨巴提埃叼着烟斗开玩笑说的那样："今年，我们把杜拉斯颁给了龚古尔奖……"

至于贝尔纳-亨利·莱维，出版社多次向他保证会夺得龚古尔奖，最终他却只得了美第奇文学奖。格拉塞在秘鲁女人饭店安排了晚宴，席间出版社的一位作者吕西安·博达尔做了一个简短的发言，他曾在格拉塞持股的《文学杂志》专栏上褒奖过《萨特的世纪》。他预言，莱维若干年后将获得诺贝尔奖——相当乐观，但是他没有轻率地指明是哪个类别的诺贝尔奖。出席晚宴的雅克·布勒内在他的《日志》中评论道："今晚所聊的文学已经成了一种成名之道。"

据出版商杰罗姆·兰东所说，杜拉斯出于"健康原因"不在巴黎。她在位于特鲁维尔的黑岩公寓的家中，通过法国国际广播电台做出回应，表达了自己的惊讶，面对这个她自己都觉得来得有点晚的获奖消息，可以想见杜拉斯的愉悦和笑容。其实，她真心认为龚古尔奖的评委们没有任何理由不给她这份恩赐，时局也让评委们少了顾虑，言下之意：左派上台了，自由之风随之相伴……说她为龚古尔奖增添了政治维度都太轻描淡写了，她甚至坚信这为龚古尔奖开启了一个新纪元。不管怎么说，这一次，法兰西共和国的总统、她的故友弗朗索瓦·密特朗有充分的理由应"十人团"之邀，前往特鲁昂饭店赴宴。

《情人》这本只需区区49法郎（不足今天的10欧元）147页的薄薄的小说，印数很快就不再以万计，也不是以十万计，而是超过百万了，这让杜拉斯成为全世界读者最多的法国当代作家，在畅销书榜单上很少看到她的美国更是如此。杜拉斯以第三人称讲述自己的故事，并且不失幽默地演绎着自己的神话与传奇。有龚古尔奖的鼓舞，杜拉斯从来都没有那么自信过。

1985年

评委们谈论扬·盖菲雷克的第二本小说《野蛮的婚礼》，它写的是关于一个受诅咒的私生子的苦难身世，他母亲被强奸后生下了他，又把他抛弃。这本书给埃尔韦·巴赞留下强烈印象——《毒蛇在握》中也有类似不受喜爱的孩子。

最后的名单公布时发生了

小说销量已经达到15万册的盖菲雷克胜出

戏剧性的一幕：除了米歇尔·博杜和居伊·奥康让的小说，还另加了一本塔哈尔·本·杰伦的《沙之子》，这样的事情以前从来没有发生过。投票之前，贝尔纳·毕沃在节目中透露了几个最受欢迎的作家的名字，评委们对此感到不满。小说销量已经达到15万册的盖菲雷克胜出，他在第六轮投票中以六票击败博杜的四票夺得龚古尔奖。在特鲁昂饭店宣布消息时，埃尔韦·巴赞抓住这个既特殊又平常、话筒和相机齐聚的机会，宣读了"十人团"支持记者让–保尔·高夫曼的消息，那位记者当时被黎巴嫩真主党当人质扣押。

一夜之间，扬，《新观察家报》的这位记者、贝拉·巴托克的传记作家，不再被介绍为著名小说《塞恩岛的本堂神甫》的作者亨利的儿子：对路人和媒体而言，反倒是亨利被介绍成扬的父亲。

1986年

一个名叫米歇尔·奥斯特的普通西班牙语老师凭借《黑夜的奴仆》获得龚古尔奖，作者是个无名新手。出版商格拉塞当时对评委会有一定的掌控权，到处说作者病情严重，颁奖的事迫在眉睫……销量平平：7万册。之后，作者变得越来越平庸，在小出版商之间游走，因发行量太小以至于被世人遗忘。文学喜剧中可怕的是忽然间体会到不仅颁错了奖，作者连"居伊·瓦兹里纳"（其实是玛兹里纳）的运气都没有，玛兹里纳至少通过反击，和他"被过度包装的书"（读一读《狼》）一起流传后世；又如吕西安·德卡夫，多亏了塞利纳他才重获荣誉。米歇尔·奥斯特有应对办法，他有解码的密钥：他认为寓言故事《狐狸和葡萄》或许能让人理解像龚古尔奖这样的文学奖的奥秘。我们明白，龚古尔奖对他有多大的鼓励就有多大的困扰。顺便提一下，拉封丹的是怎么说的来着？

奥斯特得奖后变得越来越平庸

> 有只加斯科尼的狐狸，也有人说来自诺曼底，
> 几乎要被饿死，它看到葡萄架上
> 葡萄已经成熟。
> 这家伙自然想饱餐一顿；
> 但它够不到葡萄：
> 于是说："葡萄太青，粗人才会吃。"

> 与其抱怨，不如给自己一个安藉。

1987年

7月中旬《鸭鸣报》就爆出桂冠得主的名字：塔哈尔·本·杰伦。该报纸推测了评委们之间的博弈，效忠于格拉塞出版社的评委似乎把此次评奖结果归咎于效忠瑟伊出版社

本·杰伦得到了两个人积极有效的支持

的评委，后者想压制前者的上升趋势，因为上一年前者已经成功选出米歇尔·奥斯特……啊，费尽心思的算计，戴着面具的复仇者……

如果说本·杰伦的小说一开始确实很受欢迎，是因为有两个人积极有效的支持：内部有评委会的艾德蒙德·夏尔-卢，外部有瑟伊出版社的让-马克·罗贝尔掀起紧锣密鼓的游说活动，为了让本·杰伦的书能够摘得桂冠，不惜改书名：将《命运之夜》改成《神圣的夜晚》。改过的书名确实更好。

次年就去世的居伊·奥康让凭借《夏娃》也入围了，这是他第二次跻身最受欢迎作家之列。

最后，达尼埃尔·布朗热对本·杰伦由反对转为支持，并说，他这是在支持法语推广运动。龚古尔奖颁给了《神圣的夜晚》，这本书很快就卖了40万册。消息一宣布，人头攒动，喝彩连连。穆鲁西在"十人团"吃饭的圆桌上做了电视报道。圆桌很挤，看上去他几乎都坐到别人的腿上去了。

1988年

格拉塞又来这一套，力挺贝尔纳-亨利·莱维到底。在小说的道路上，可以说莱维唯一的目标就是被龚古尔奖垂青，这一次他的作品是《夏尔·波德莱尔的最后岁月》。

即使对格拉塞出版社的文学总监伊夫·贝尔热这样的老狐狸来说都很难，因为1988年9月16日《文学对谈》录制了史上最阴险的节目，在特鲁昂饭店龚古尔奖评委的会客厅里直接和最主要的几位角逐者面对面：埃里克·奥瑟纳、贝尔纳-

如今成了法兰西学院院士的埃里克·奥瑟纳

亨利·莱维、帕特里克·贝松、菲利普·拉布罗，再加上被众人围住的埃尔韦·巴赞，大家都西装革履："巴黎最帅的低领男士"安吉罗·里纳尔迪除外。贝尔纳·毕沃阴险地问他们对龚古尔学院主席的新书有什么看法，但天主的仁慈阻止我们对他们的回答做出回应。出版商让-克洛德·法斯凯尔、安托万·伽利玛、让-马克·罗贝尔、伊夫·贝尔热、弗朗西斯·艾斯门纳德也聚在龚古尔奖评委会客厅邻近的另一个会客厅内的桌子旁，盯着屏幕，看事件的动态，但这个厅里没有麦克风和摄像机。很遗憾，相比小说家们有点尴尬的演说，其实更应该记录的是这些：煎熬的90分钟里面部表情、手势、脚的移动、每一次皱眉及其他焦虑或希望的表情。在那一夜，人们才明白，只有一出戏才能反映评委们紧张的神经，有时还需要滑稽的情景（可别忘了旁边就是喜剧院）。想象一下，舞台上有这两个挨着的会客厅,一边是作者,另一边是出版商,毕沃在他们中间穿梭,饭店老板不停地从这个厅到那个厅……一场……痛苦的……盛宴。何况外界的反应也不是那么平和。

在格拉塞出版社,11月份大家就去世的评论家马修·伽雷的《日志》一事骚动不已(那些爱打探消息的报纸对此会感兴趣,希望另一些人原谅我的多嘴)。雅克·布勒内负责"整理"手稿,应伊夫·贝尔热的要求删去一些容易得罪几位龚古尔奖评委的段落;还有热纳维耶芙·伽雷的纠缠不休,她是作者的姐姐,也是作者著作版权的持有人,她要求恢复所有的改动,保持书稿完整的面貌。校样马上就被收回,重新进行编辑。

11月14日,埃里克·奥瑟纳在第六轮投票中以五票对贝尔纳-亨利·莱维的四票、弗朗索瓦-奥利维耶·卢梭的一票胜出。

沃特兰"走向上帝一大步"

1989年

夏天伊始,伊夫·贝尔热就开始谋划了,想让让·沃特兰的《走向上帝的一大步》获奖。巴黎文学圈的内幕传言不断,每个人都认识某个知情人,据说龚古尔奖评委和勒诺多奖评委之间支持瑟伊或格拉塞的声音此消彼长。11月20日，尘埃落定。格拉塞出版社的人松了一口气。如果可以确定地说，或者几乎确定地说，龚古尔奖对获奖者而言，在一段时间内有荣誉和物质保障，那么对出版商也一样。就在那一天，伊夫·贝尔热倾情吐露："出版社得救了，可以再撑四年。"这是一位作家在日记里写的。这些事情被巴黎文学圈的活跃分子记录下来，也是各家报纸的谈资！这些报纸有时什么都说，这是真的，但不是随便针对谁。

1990年

让·卢欧：这是关于我的亲人和他们离世的故事，从我父亲和跟我们一起生活的姑婆去世开始，几个星期以后，我爷爷也去世了。亲人的相继离世一直将故事追溯到1914年的战争。此前这本书的销量已经超过两万册。我进入龚古尔奖的第二轮入围名单而没有进入第一轮，原因就是我们没有把书寄给评委。这本书甚至在大方向上也与午夜出版社的风格不同。年逾花甲的杰罗姆·兰东的重新审读成就了一切。我相信他对此一定颇为自得。我得到一些回应，有人到我工作的报亭让我给书签名。这样的画面在其他地方也上演了很多遍：很明显，这是媒体在炒作。一切都得从阿苏里和兰东两人的一顿饭说起：记者阿苏里就"作家靠什么生活"写了一个报道，出版商兰东回答他说，文学回归季他恰好出版了一部小说，作者既不是记者也不是老师。流言就是这样传开的。（法国国际广播电台，1990年10月17日，©国家视听研究院）

巴黎报贩卢欧

巴黎第20区弗兰德街上的报贩让·卢欧，必须说明，他完完全全是首都文学界的局外人，以其迷人的处女作《沙场》胜出。他之后的作品证明，坚强的人格能够反抗获奖者的宿命，在这一点上他胜过让-路易·博里、让·卡里埃尔、保尔·科兰和其他几位获奖者。至于出版商杰罗姆·兰东，这位午夜出版社老板坚持部分付款的风格是众所周知的，这一次他给出版社的每位作者开了一张支票，目的是和他们分享出版社一夜暴富的成果，以表明午夜出版社也是属于他们的。这样的事很少见的，让人难忘。

1991年

投票结果并不如人意，尽管有些司空见惯的闲言碎语，在小小的文学世界里每个人都有"自己心目中的"获奖者，丹·弗朗克、皮埃尔·孔贝斯科、拉法埃尔·孔非杨、让-玛丽·拉克拉弗蒂纳都还有机会。弗朗索瓦·努里西耶以龚古尔学院秘书长的身份预先公开强调几点："出版商们应该明白，这个文学奖既不是由作者颁发的，也不是由出版商颁发的（他应该再加一句：既不是由评论家颁发的，也不是由记者颁发的），而是由龚古尔学院的成员颁发的。如果出版商执迷不悟，他们将不时被叫停。他们自以为拥有某种权利。我们保留向他们证明他们并不拥有这种权利的权利，用投票的方式。"

皮埃尔·孔贝斯科凭借《受难地的女人》脱颖而出。该书以倒叙手法讲述20世纪前半叶巴黎一个突尼斯犹太家族五代人的传奇故事，地点是冬季的马戏团街区和贫民窟，杂技演员在小酒馆里要走私动物；原名拉歇尔·阿布拉菲娅的莫女士臆想自己在德占时期犯过错，为了让整个街区的人能不以她为耻，昂首挺胸地出门，她要求自己赎罪。小说家用夸张怪诞的笔触再现了一个世界（帕西法尔[1]和莉莉丝[2]的神话也成了激发灵感的隐喻）。作家的性格外向，写作能够令他心花怒放，得到宣泄。

孔贝斯科性格外向，写作使他心花怒放

---

[1] 帕西法尔：《亚瑟王传奇》中寻找圣杯的英雄人物。
[2] 10世纪成书的圣经外典《本司拉的知识》中记载，莉莉丝，名字来自希伯来文，意思是"夜"，犹太教传奇文学中亚当的第一个妻子。

1992年

帕特里克·夏穆瓦佐是安的列斯群岛法语文学的传播者，凭借一部以家庭为主题的文学巨著《德士古》胜出。在名叫法兰西要塞的穷人区生活着一位"女斗牛士"，她向作者讲述了这个故事，为了方便写作，作者把故事设定在遥远的年代。这位"女斗牛士"给他刻画主人公提供了灵感，就像母亲曾给他以灵感一样。作者在书中反映了马提尼克人民的反抗行为，把某种语言、逻辑、思考、词语和他所需的丰富想象引入了文学。但是还需要点什么，才能使法语小说不至于朝着克里奥尔法语的方向跑偏，夏穆瓦佐试着将诗歌和政治结合在一起，一举击败对手。一切都不重要了，因为有了《德士古》的成功，以前不知道夏穆瓦佐的人渐渐了解夏穆瓦佐式的语言。有的人在伤感地怀念已逝的世界，只看到异国情调，真是太可怜了。把奖授予这位言语的标新立异者，龚古尔奖评委会可以为推动和促进了文学发展而感到自豪。记性好的人免不了会想起，这是继1921年勒内·马朗的《巴图阿拉》获奖，作品中黑人的呐喊声被听到之后很久，黑人法语文学的第二次发声。

安的列斯群岛的获奖者

1993年

从夏末开始，新闻编辑们就刊登最受欢迎作家的名字。单单这一点就足以让文学评委会感到浑身不自在了。在此期间，格拉塞出版社的让-克洛德·法斯凯尔和周旋于评委中间的"常任大使"伊夫·贝尔热开始谋划。

马卢夫一点都不忘恩负义

《塔尼欧斯巨岩》是阿明·马卢夫的第五部小说，小说回忆的是往昔的黎巴嫩，为了逃离战争而离开的黎巴嫩。无限的思念从未断过，只有小说可以安慰他。马卢夫真的运气很好，他获得龚古尔奖，差点获得一致通过，只差米歇尔·图尼埃的一票。

格拉塞出版社大办庆典。迪厄岛上的居民也不忘庆祝，为了写作，不久前才在岛上安顿下来的作者一点都不忘恩负义，他公开说这个龚古尔奖属于岛上的居民，因为岛上的巨岩给了他很多灵感，他才描绘得出自己的传奇巨岩。

1994年

狄迪耶·凡·科威勒尔凭借由阿尔班·米歇尔出版社出版的《荒谬之旅》摘得桂冠。他在书中讲述了年轻人阿齐兹的故事，阿齐兹出生在法国，父母不详，被马赛的一些茨冈人抚养长大，后来被遣返至摩洛哥，然而他并非摩洛哥后裔，为了在这种境遇之中生活下去，阿齐兹为自己编了一个故事。这次寻根之旅引发了思考：和他人沟通和相互接受的困难。作者对此想得有些乐观。小说之所以能被授予桂冠，多亏主席巴赞的一票抵两票。作者虽然年轻，但已经不是新手，写过好几部小说和戏剧。他说听到获奖的消息，就像部长听到要接受审查一样。你们爱怎么理解都可以。两年以后，在昂热出席评委葬礼时才听到这位桂冠得主的发言：一席感恩的话，这在文学圈子是极少见的。

1995年

　　龚古尔奖缩小了范围，走得太远容易发生危险。大家知道风险是什么：最好的被抢走了。安德烈·马奇诺的《法兰西遗嘱》刚刚获得美第奇文学奖评委会的青睐？又有何妨！之前偏爱其他小说的龚古尔奖评委们在评选中坚持《法兰西遗嘱》，用不那么盛气凌人的方式表明了他们的权威，也表明他们不关心别人的选择，自己的选择至高无上。似乎同一部小说获得两个文学奖还不够，还加了第三个奖：高中生龚古尔文学奖。八年前，马奇诺完成学业后离开俄罗斯到法国定居，他的两大成功很大程度上要归功于出版商西蒙娜·伽利玛的敏锐和坚韧，这么说一点都不为过。第一轮投票开始，这位由西伯利亚祖母用法语教育长大的新移民的小说就胜出了，以六票战胜弗朗兹–奥利维耶·吉埃斯贝尔的《泥潭》四票。

1996年

这一年，弗朗索瓦·努里西耶成为学院主席，他令投票的天平倾向巴斯卡·侯兹的处女作《零战》，这部小说得到部分评论界人士的高度评价。确切地说，小说和作者一样，也经历了从剧院临时工到失业的过程。故事发生在冲绳岛战役期间，

巴斯卡·侯兹刚从不堪的痛苦中走出来

日本神风特攻队的飞机发出的刺耳噪声让一个小女孩头痛欲裂。这本手稿在巴黎兜了一圈。许多出版社拒绝出版，其中一家还要求删掉开头的几页，因为"莫里亚克的风格太浓了"。作家感到很受伤，然而或许她也可以把这番评价当作是一种赞扬。她确实刚刚奇迹般地从动脉瘤切除的后遗症、内心的反应、不堪忍受的痛苦经历中走出来，就像她作品中的小主人公一样。终于，阿尔班·米歇尔出版社愿意出版这本书。

1997年

这一年是帕特里克·朗博年，由格拉塞出版社出版的《战役》从巴尔扎克的小说计划中获得启发，小说内容与拿破仑战役有关，更确切地说，是1809年的埃斯灵战役，现代第一场大屠杀：4万人无辜死亡，不久之后因为瓦格拉姆战

帕特里克·朗博写了一部关于拿破仑的历史小说

役的胜利而被遗忘。历史小说？可以这么说，但不仅仅是历史小说。朗博曾经想写一部关于路易十四时期天文学家的小说。但是出版商向他说起数年来一直萦绕在脑际的一场拿破仑战役。为了说服朗博，出版商提出增加部分付款的额度，对于每月收入青黄不接的人来说，这样的提议确实很有说服力。朗博听取了出版商让-克洛德·法斯凯尔的想法。关于这场战役，巴尔扎克喋喋不休说了十年，但只在《乡村医生》手稿的背面写了半行，朗博却为这场战役烙上了朗博式的印记。描写十分细腻，细节和整体都如此。写作上有了不可或缺的灵感之后，朗博把它完美地记录了下来，即便参考1970年版的《罗贝尔词典》用了"马掌"而不是"马腿"，内容还是非常直观、翔实、电影式的……接着，通过讲述法兰西的败北（或者至少可以算是法兰西的失利，也有人说是平局）的故事，就轻松夺得两个小说大奖（龚古尔奖和法兰西学院小说大奖）。

帕特里克·朗博：我像踩在蜡上，像躺在棉花堆里！和感冒的感觉一样。我每年冬天都会感冒，非常舒服，因为感觉处在让人飘飘然的空间里。（法国国际广

播电台，1997年11月10日，©国家视听研究院）

　　《解放报》的特派记者到伊夫林省的梅当岛的小屋拜访他，他对记者坦言："对于龚古尔奖，如果有过多幻想，那就不可救药了：就好像有人在你屁股后面放了一架超声速飞机。我嘛，还可以，我身后有50年的经历，没有任何幻想。我有的只是愉悦。此外，我不喜欢悲剧，我更喜欢吃小牛头肉。"之后，他当选为评委，因为各种事情不得不常去特鲁昂饭店，但只有罕见的几次机会能吃到小牛头肉。

1998年

　　有人说，龚古尔奖服从隐秘原则，秘密影响或者说暗中影响，这一点没错，会议纪要也证实了这一点。那天，努里西耶确实把评委们召集到特鲁昂饭店，但不是在大厅里，而是在酒窖里，四周都是酒瓶，这样可以更好地避开窃听器——一位记者大肆吹嘘，称已经将窃听器放在餐厅里。并不是说没什么见不得人的就要摊开来说。

　　米歇尔·维勒贝克①的《基本粒子》和其他七部小说入围第一轮名单，但是到最后一轮就榜上无名了。波勒·康斯坦的《心心相诉》在第三轮投票中胜出，这部美国式小说写的是女权主义胜利的两面性，也有几票投给奥利维耶·罗兰和热

---

① 米歇尔·维勒贝克（1958～　　）：作品多次引发法国知识界论战，被称为"继加缪之后，唯一将法国文学重新放到世界文学版图上的作家"。

拉尔·德·科尔坦兹的作品。没有忘记谁吗？是的，没有。但无稽之谈却久久没有平息，维勒贝克一派的人坚信，那年是女小说家从他们心目中的冠军手中夺走了龚古尔奖。

1999年

轮到让·艾什诺兹的《我走了》，该小说由午夜出版社出版。午夜出版社相当一部分作家又一次收到了老板给的大额支票。一反常态，龚古尔奖提前公布，消息公布前不久，作者和出版商在特鲁昂饭店与评委们一起吃过饭。席间，作者在观察出版商，因为平时出版商一直粗茶淡饭。他看到了什么？狼吞虎咽的兰东一直在吃，什么都吃。坐在艾什诺兹旁边的评委俯身在他耳边低语："您的这位出版人什么都吃，真的是个很好的出版人。"之后很久，艾什诺兹还在琢磨该怎么看待这件事情，不知道是不是兰东在开玩笑，笑话是热还是冷。

轮到让·艾什诺兹了

2000年

　　这一次轮到让-雅克·舒尔。弗朗索瓦·努里西耶在评委会内部极力捍卫这位作家的小说。《英格丽·卡文》既是小说的书名，也是小说的主题，是一位德国女歌手的名字，那位女歌手是伊夫·圣罗兰的旧情人，导演赖纳·维尔纳·法斯宾德的前妻，后来成为作者本人的妻

娶了英格丽·卡文的让-雅克·舒尔

子，也是给他灵感的缪斯女神。尽管她说自己只为这本书提供了音乐上的灵感，有人还是祝贺她，好像她才是这本书的作者似的。在她看来，舒尔是第一位谈到"Sehnsucht"①这个概念的外国作家，这是一个极具德国特色的词，指的是让人渴望虚无之物的感觉。好评如潮。小说向一位舞台上的演员致敬，通过她的过往和追忆，勾勒出20世纪70年代的一幅社会图景，不仅涉及德国、法国，也涉及这两国的语言，还关系到各自的形象和精神面貌。编辑菲利普·索莱尔斯自始至终都非常支持这本书，他认为书中所提到的一切是20世纪末被遗忘、被忽略，甚至被蔑视的。

---

① Sehnsucht：德语词，意为"渴望"。

2001年

大部分选票都支持让–克里斯托夫·吕芬的《红色巴西》，只有一票支持米歇尔·维勒贝克的《平台》，他在《读书》杂志上大胆言论，引起媒体的喧哗，评委会非常不满。这下子就成了作家的污点。耐心点，耐心点，会来的，每个人都会轮到的。从评委会的桌子上看，文学上的认可有时需要漫长的耐心等待。

2002年

帕斯卡尔·基尼亚尔的《游荡的影子》在第三轮投票中击败奥利维埃·罗兰和热拉尔·德·科尔坦兹。多亏艾德蒙德·夏尔–卢和弗朗索瓦·努里西耶这两位热诚的支持者。最起码可以说这样的选择令人意外。首先因为这部作品优点突出，对文学、智力要求很高，阅读起来不容易，总之比作者前一部小说《罗马阳台》更难读，如果当初是《罗马阳台》得奖，那还会让龚古尔奖显得更大众化一点；其次，如果说龚古尔奖的使命是把奖颁给散文体的虚构作品，那么《游荡的影子》是由三卷随笔组成，包括小说的开头、故事、风景、清单、词源、自传式的片段，到他最喜欢的作家

选择基尼亚尔有点让人意外

生活过的地方旅行，还有作者生活中的其他感悟，这一切诚如作者所言，形成了一个无法预知的整体。

> 帕斯卡尔·基尼亚尔：我感到一种意外的惊喜，我高兴是因为这次获奖是有关我所有的书。作为一个未完成的整体，前三卷是《最后的王国》的开头，这部鸿篇巨制我要一直写到岁月的尽头，我觉得这个文学奖也是颁给未来的作品的。（法国国际广播电台，2002年11月28日，©国家视听研究院）

评委会内部最反对此次评奖结果的是豪尔赫·桑普伦[1]。不过就算人们了解他的个性，看到他在获奖结果宣布之后在媒体面前发飙还是会感到惊讶。这么做是不应该的。但他不管，他经常这么做，历年龚古尔奖都是见证。"问题在于这本书不够创新，没有开启任何新的文学之路。非常老派，非常俗套，非常啰唆。"他向新闻界如是说，与评委会的选择相左，还不忘补充一句让人受不了的话："总而言之非常巴黎、非常巴黎腔、附庸风雅、非常做作。"不过帕斯卡尔·基尼亚尔的作品很轻易地就从这番挖苦中走了出来。

---

[1] 豪尔赫·桑普伦(1923~2011)，西班牙作家、政治家，大多数时间住在法国并用法语写作，1996年成为龚古尔学院第一位非法国国籍成员。

2003年

　　米歇尔·图尼埃在给一位朋友的信中透露："十票当中我只有一票，要形成多数派才行。按照我的喜好，今年获奖的书应该是皮埃尔·穆斯提埃尔的《国王的遗言》。后来我转而支持阿梅特是因为他对我熟悉的德意志民主共和国[①]的战火做

阿梅特与他的获奖作品

了非常准确的描绘。"柏林是书中另一个主角，作者描写了一个让人痴迷的形象，因此，这一年《布莱希特的情人》荣获桂冠。作者在书中回顾了关于德国剧作家布莱希特的间谍事件。结束在美国的15年流亡生活之后，布莱希特于1948年回到德国，把一出无产阶级和社会主义的戏搬上了舞台。

　　评委们有意让这本书成为龚古尔奖的百年纪念之作，担心其他评委会剽窃他们的结果，也选这本书，这种情况在文学界时有发生，于是评委们在午宴前两个星期就公布了消息。作者通过电话得知自己获奖，并且正值百年周年纪念，但他的反应很奇怪："我感觉有人把裸体的我放在一个热水澡盆中。"他很快想到了亲爱的贝纳诺斯，那位完全配得上龚古

---

① 德意志民主共和国，即东德。

尔奖却从未获过奖的作家。

在这部龚古尔奖作品的销售数字上要再加上另一个数字：那就是这部作品促使人们去阅读或重读布莱希特作品的数量。

2004年

这一次龚古尔学院的评委们没有为"所有人眼中的精英"作家或"受某些人欢迎的"作家授奖，而是选了一部真正受欢迎的小说，受到评论界褒奖、公众追捧和书店支持（获奖之前已经卖出8.5万册）的作品。不久前作者洛朗·戈代就已经被高中生龚古尔奖垂青，这就为特鲁昂饭店的那群评委认识他提供了机会……夫复何求！《斯科塔的太阳》是一团揉得很好的

《斯科塔的太阳》书影

面，作者把这团面变成了扎实的叙事。布耶家族从1870年到今天的发展史有血泪也有欢笑，迷倒了很多人。满足人们所期待的史诗般的、抒情的、历史的作品。这部纯粹的小说让写作"自我"和迷恋其他歇斯底里的自我虚构手法的对手要晕倒了。

　　这是南方文献出版社出版的小说第一次获龚古尔奖。真没想到。由弗朗索瓦兹·尼桑领导的这家小出版社慢慢地成长了，它当初只面向阿尔勒地区，如今已进军巴黎了。数年来，在被龚古尔奖垂青之前，该出版社的作者们（南希·于斯东、爱丽丝·费尔奈）屡屡跻身龚古尔奖角逐之列却未曾夺冠，经常引来尼桑这位女出版商的不满，她找不到足以残酷的字眼来揭露年末各类评奖的阴谋、争斗和交易。如今从中受益了，她会说什么呢？说这是龚古尔奖有史以来第一次主持了公道？

　　无论如何，即使没有出版商，也会有记者对评委会进行抨击。

　　12月的那个星期一，Canal+①电视台对文学圈子、出版交易、阿谀虚伪、整个圈子的虚荣和所有可笑的把戏进行报道，为正在找理由对此嗤之以鼻的人提供了证据，大家都喜出望外。安排在《星期一调查》这档节目播出的《龚古尔奖：玩好你们的游戏》由于其教育意义而显得很沉重。为了完成这次调查，法布里斯·加德尔和安托万·维特凯纳想在整个文学季期间跟进龚古尔奖的主要活跃分子。这有点像侦探小说，尤其会让人想起扑克牌玩家去打一场法式台球比赛的场面。什么人都参与了，出版商、作家、评委、评论家。所有人都接受采访，在办公桌后面、特鲁昂饭店里或马路上。

----

① Canal+：在法语中的意思是"提供更多内容的电视台"，是1986年成立的付费电视台。

评委会主席艾德蒙德·夏尔–卢把评委们说成是"蛮横年老、不怀好意的无政府主义者"。被问及腐败问题时,弗朗索瓦·努里西耶脱口而出:"如果有不正当买卖,有罪的是买家。"调查者问没有投票给洛朗·戈代的罗贝尔·萨巴提埃,《斯科塔的太阳》中最令他满意的是什么,他思索片刻,用他平静的讽刺口吻答道:"标点符号。"若说话里藏刀,不失幽默和细腻的菲利普·索莱尔斯技压群雄;若说辛辣,要数维尼希安。作为这场"比赛"的点评人时,这位玩家非常犀利,尤其是当他抨击舒服地坐在《新法兰西杂志》花园里的伽利玛那帮人的时候。最后,大家都觉得这个小圈子实在很小,一切都显得很陈旧,即便是年轻人看起来也老气横秋。在特鲁昂饭店里,各种奇奇怪怪的调料炖出了一餐文学大杂烩,离开饭店时,洞穿一切的罗贝尔·萨巴提埃向饭店老板致意:"我们很快就会再见的,这个奖有三千万观众关注,这可是个严肃的文学奖。"这部52分钟的纪录片,做了这么多剪辑去嘲笑评委会,到了快结束的时候,才第一次也是最后一次谈到这一年获奖小说的内容和品质,但十分简短,这么说一点都不夸张。

然而,在餐桌上,评委们只讨论一件事,或者说几乎只讨论这件事:文学、文本、作家、风格、张力、人物……总之都围绕着书。他们就像在外面一样好奇,都忘了这个奖不是颁给作家的,更不是颁给出版商的,也不是颁给某位作家的所有作品,而是颁给当年出版的一部作品。

2005年

龚古尔奖没有颁给米歇尔·维勒贝克的《一座岛屿的可能性》。这也许是表达意愿的一种方式,想到8月中旬以来就不断在各处传播的那些话,就更加容易理解了:维勒贝克肯定不会再次错过龚古尔奖;龚古尔奖评委们不会在60年之后重蹈选中玛兹里纳而不顾塞利纳的覆辙;评委会不可能冒着名声败坏的危险不把奖颁给维勒贝克。

FRANÇOIS WEYERGANS

Trois jours
chez ma mère

roman

PRIX
GONCOURT

Grasset

威尔冈和他的获奖小说

维勒贝克的一些支持者(索莱尔斯、努里西耶)还对这件事添油加醋,反而引起了大家的反感。尤其是后者,可把评委会惹恼了。确实,从8月份开始,他就不满足于在报纸的专栏上称赞维勒贝克的书,干脆公开宣布将投票给他。夏天伊始,法亚尔做了件蠢事,令特鲁昂饭店对他更不待见:只给评委会三位成员送了小说校样,其他成员自然就觉得受到了蔑视。米歇尔·图尼埃从一开始就执意投票给其他人都不支持的讲述战争期间一家巴黎旅店的小说。结果,弗朗索瓦·威尔冈《在我母亲家的三天》获得

6票胜出,《一座岛屿的可能性》获得4票。会议纪录提到了餐桌周围的紧张气氛。可以说比利时团队又一次来袭,四位选手中有威尔冈和图森,布鲁塞尔有四分之二机会可以庆祝胜利。一切木已成舟。然后呢?风平浪静。但书商们突然呼吸更顺畅了,两个月内《一座岛屿的可能性》只卖了差不多15万册,对于一本被这样推广的书而言,这个销量相对偏少,并且作者已经证明,他不是那类走遍法国去见广大读者的作家。

2005年的龚古尔奖作品获得了一笔财富,那就是评论家、书店顾客、图书馆读者前所未有的热情。这样的情况是相当少见的,值得注意。大家喜爱威尔冈多年,但《在我母亲家的三天》并不是他写得最好的书。他本来准备六七年时间都不写这部讲述一个作家花了六七年时间不写小说的小说。我们可以把这部小说当作一位拖拉作家的受难之路来读。对于作者的母亲而言,这一龚古尔奖就像是敲锣打鼓地把作家证书颁给她儿子一样。在64岁的年纪,在写了几十本书、获得几个文学奖之后,该得龚古尔奖了。

结果宣布后,威尔冈请来了他的母亲,维勒贝克则带来了他的狗。区别就在这里。

2006年

每当文学回归季有某部小说真正成了气候,似乎要囊括几乎所有的赞同票、摘得所有的桂冠、评论界一致叫好并很快引起书商和公众的热情时,便会引发一场"反对"运动,以

利特尔和他的获奖小说

遏制这令人难以忍受的现象。一般而言，不用到远处找源头：它往往滋生于几家罕见的媒体，它们预言文学回归季，指望另一位作家得奖，把他的书硬推给几大评委会。可是，无名作家的意外突然出现颠覆了他们精心制定的策略。这就是近年来在巴黎出版界幕后可以看到的现象：一边是支持乔纳森·利特尔的《复仇女神》的阵营，他们不相信龚古尔奖会可笑到不把奖颁给众望所归的作家而颁给别人；另一边是克里斯蒂娜·安戈的支持者，这位女作家带着她的《约会》强势来袭，最后却惨淡收场。她在电视节目中的出场每次都给人留下轻浮的印象，因此口碑越来越差。

谣言是怎么说的呢？它们很希望能阻止利特尔的小说在康庄大道上前进的步伐。有人说利特尔是修正主义者，有人说小说不是利特尔本人写的，有人说他是得益于美国式的宣传推广，有人说这是营销的产物，还有人说这完全归功于一个事实，那就是他是作家罗贝尔·利特尔的儿子……不要再散布谣言了！《毫不妥协》杂志继续揭露"美国式的宣传推广"，作者有经纪人运作，这是美国作者常有的勾当；《解放报》把作者称作"小利特尔"，还对该报评论员杀人不见血的标题《夜与泥》津津乐道。不管怎么说，读者已经做出选择，今后捧这本书的就是读者。

起初，大家都反对他：一位完全不知名的作者的第一部小说，用密密麻麻将近1000页的篇幅论述一个病态的、老生常谈的主题，售价25欧……什么东西把一个营销高手逼到自杀，并且让他在断气之前明白，真正的文学成功是不用预先策划的。正是像《复仇女神》一样的奇遇，构成了作家这一职业自存在以来的所有意义。

弗朗索瓦·巴列霍、米歇尔·施耐德和阿兰·弗莱舍的小说也跻身最后的评选之列，但《复仇女神》在第一轮投票中就以七票的绝对优势胜出。清楚、明了、没有拉票。其他两部入围的小说各得一票，甚至有一位评委投票给埃利·威塞尔[1]，大家都不知道这位作家这一年也出版了小说——但罗贝尔·萨巴提埃只是想对这位朋友表达钦佩之情。弗朗索瓦·努里西耶不是顽固分子，他想通了，很快就加入了大多数，但是达尼埃尔·布朗热和米歇尔·图尼埃从8月中旬开始就以严肃的玩笑口吻重申，龚古尔奖曾颁给一部有关纳粹主义的小说（1970年的《桤木王》），够了。后来，在翻阅一份拍卖手稿的目录时，人们可以发现米歇尔·图尼埃的一封信："我劝您不

---

[1] 埃利·威塞尔（1928~　）：美籍犹太作家、政治活动家，1986年获诺贝尔文学奖。

要选《复仇女神》，这本书很沉重，令人悲痛。我投票给了史岱凡·奥德纪的《独生子》，这是一部卓越的成功之作。"

希望获奖者来领奖的人都白费心了。一反传统，2006年的龚古尔奖得主没有离开他居住的巴塞罗那，只委托出版商安托万·伽利玛向评委们代读信件，信件内容是请求评委的原谅，并表达对评委的感谢。乔纳森·利特尔就是这样：尽管作者对出版商有责任，他仍然既不上电视，也不参加媒体节目或者其他任何类似的活动。尖锐、果断、不妥协。他不尊重文学界的表演，尤其是年末的文学奖惯例。但一年之后，当《复仇女神》在西班牙出版，利特尔接受《国家报》记者的采访时，采取了麦尔维尔[①]书中主人公书记员巴特尔比的态度，承认说：

> 这个奖，我千方百计想逃避，不幸的是，他们还是把它给了我……我不想要这个奖……我不认为文学奖可以和文学相提并论。文学奖可以和广告、营销相比，但和文学不可同日而语。我不喜欢这样……问题在于，我不喜欢竞赛以及任何对艺术比对社会地位更感兴趣的肮脏行为。我没有为了多赚点钱而多写几页，这一点我可以向你们保证……《书记员巴特尔比》是一本令我着迷的书。这个人物用某种方式不停地述说他所不喜欢的东西，这正是我对龚古尔奖的态度，这种态度在

---

① 赫尔曼·麦尔维尔（1819~1891）：19世纪美国小说家、散文家，其代表作《白鲸》是世界文学名著之一。

我出书之前就已经有了。

可以断定的是，这一切在评委们看来都无所谓，反正他们都知道2006年的桂冠得主坚持的是什么。对于《复仇女神》，他们有理由坚信是为一本伟大的书授奖，没有任何事情能阻挡这一信念，哪怕作家并不领情。

不过对其他几位入围的作家，评委会方面也有遗憾，这种情况时有发生，文学回归季被某位作家所主导，其他作家就成了某种不公正的受害者。贝尔纳·毕沃在电台中做出回应：

> 可以说，这本书像不明飞行物一般降临在文学作品异常丰富的一年里，这几乎是一件不幸的事情。其他三本入围的小说获奖也当之无愧，尤其是弗朗索瓦·巴列霍的《西方》。2006年这场人才之间的特殊交锋有些让人遗憾；谁知道2007年我们是不是会闹文学饥荒，我不知道，到时候看吧……（法国国际广播电台，2006年12月6日，©国家视听研究院）

2007年

在第十四轮投票中，龚古尔奖颁给了吉勒·鲁瓦勒的《亚拉巴马之歌》。十四轮投票，这个数字至少说明有问题，可以说结果是出乎意料之外的。事实是这一年发生了一些黑幕，我们可以通过勒诺多奖评委会和龚古尔奖评委会成员记

中文版《亚拉巴马之歌》书影

录在案或是档案之外的谈话有所了解。虽然不是第一次发生，但这一次的外界压力和手段似乎到了令一部分评委难以接受的程度。阿尔班·米歇尔出版社的一位负责人寄了一封长信给评委会主席艾德蒙德·夏尔-卢，主要意思是说如果龚古尔奖颁给阿梅丽·诺冬（谣传最受欢迎的作家）的《闻所未闻》，出版社就能把这本书卖得很好……应该指出，既然商业手段被认为是不恰当的，这封信在特鲁昂饭店的评委中是否会造成不好的影响？它会让可怜的诺冬被逐出入围名单。

在这种情况下，没完没了的讨论之后，像往常一样，大家没想到的那个人凭借其小说的名字获得了大多数票。虽然只有187页，但这本关于菲茨杰拉德夫妇的小说写得相当好，作者深入泽尔达的内心，说出她生活在斯科特身边之艰难，这可以看作是一部反《复仇女神》，小说不是女叙述者的传记（尽管作者做了文献调查，但大部分事件、人物和信件是虚构的），但仍具有巨大的魅力。轻松胜出。但是无论是内容（人们总是热衷于分析这对神秘夫妻的心路历程，以至于成了美国文学史上的老生常谈）还是形式（相当俗套）都没有新颖之处。吉勒·鲁瓦勒没有冒险，也没有刻意让自己的书迎合读者。就销量而言，肯定是一部销量适中的龚古尔奖作品。至于过早被媒体渲染要得龚古尔奖的阿梅丽·诺冬，最后获得了花神奖。

2008年

是时候了！龚古尔学院的章程修改11年之后，为了回应外界漫天的批评，规章也得改改了。应弗朗索瓦兹·尚戴尔纳戈尔的要求，评委投票资格必须和平时的列席挂钩：从此以后，当评委和在一家出版社任职领薪水，这两者就鱼和熊掌不可兼得了。这看起来好像是小事，但其实在很长时间都无法顺理成章地实行。从此，可以这么认为，评委会从来没有如此独立过。如果一年内不参加每月的例会，多次缺席的评委将被劝退。评委年龄的上限也被定在80岁。该政策适用于此后进入学院的评委，对已经在位的评委无效。80岁以后，评委就自动转为"荣誉成员"。

近几年，秋季各大文学奖的一些评委竞相抬高作品，对于龚古尔奖评委们而言，这一举动的意义只是为了恢复文学奖的真正使命：发掘与表彰。为了达到这一目的，在入围的四位候选人中有两位很理想：布拉·德·罗布雷斯和阿提克·拉希米。第一位已经获得过文学奖，所以自然就转向第二位了。一路坦途。"是那个阿富汗人！"特鲁昂饭店的酒务总管没有跟员工说一位巨富常客要光临，而是宣布了2008年的龚古尔

拉希米和他的获奖作品

文学奖结果。阿提克·拉希米凭借《耐心之石》在第二轮投票中胜出。

下午一点钟刚过，当拉希米悄悄走进龚古尔奖评委们历史性的餐厅时，大家报以热烈的掌声。尽管帕特里克·朗博之前一直支持米歇尔·勒布里的《世界的美》，弗朗索瓦兹·马莱-乔里也一样，但他还是向拉希米道了贺（"我们不评判已经被评定的东西，他是我们所有人选定的，好样的，拉希米"）；兴奋的尚戴尔纳戈尔向他承认，文学回归季前还不知道阿提克是他的名还是他的姓，后来，德库安和毕沃都热情地向她透露，他们早就认定他的书会胜出。

后来，罗贝尔·萨巴提埃和那位幸运的出版商保尔·奥查可夫斯基-洛朗聊天，想让他记起大约30年前，当时罗萨巴提埃任阿尔班·米歇尔出版社的文学主管，曾在办公室里接待过他，那时的保尔还是这个行业的新手，正在找工作："年轻人，关于你想做的工作，我们这只有一个职位，但目前这个位子已经有人了：那就是我。"如果说作者和出版商要将这个

龚古尔奖归功于一位评委,那一定是两位新评委中的一位:
塔哈尔·本·杰伦。7月份在丹吉尔的家中读了《耐心之石》之
后,他就不停地为这本书叫好。渐渐地,其他文学奖发挥作
用,再加上形势的帮助,塔哈尔·本·杰伦为这本书赢得了信
任。最后,大家都意识到这一明显的事实:《耐心之石》是法
国一位新小说家笔端自然流露的一部很美的作品,这位小说
家将用法语写就作品拓宽至一个终日被战争蹂躏的中亚国
家,他悄然地歌颂一位女性在文明中的大胆反抗,而其他许
多人都逆来顺受。可以说,2008年的龚古尔奖对他而言意味
着一切。三年前25岁的阿富汗女诗人娜迪娅·安朱曼在赫拉
特被丈夫野蛮杀害,"因为她太自由了",这让一向欣赏娜迪
娅·安朱曼的拉希米感到震惊,正是这种震惊让他写成了这
本书。

2009年

如果我们永远无法准确地知道一部小说的开头在哪里
结束(就说是开场白和结尾之间的某个地方好了),但我们
大致知道文学回归季何时结束:随着各大文学奖的颁发,它
就差不多结束了。有人还会说,直到最后,出版商们还会玩
弄手段。悄悄地,但坚决地搞钱。然而,出版商当中已经夺
得"特鲁昂杯"的那位则无可指责:杰罗姆·兰东去世已经8
年,但他高高的身影和冷峻的样子在秋季文学大奖中最受瞩
目的龚古尔奖上一直挥之不去。事实是,这一年龚古尔奖终

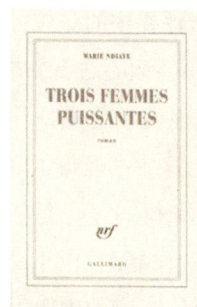

恩迪亚耶和她的获奖书

选名单上的四位作者（玛丽·恩迪亚耶、让-菲利普·图森、
洛朗·莫维尼埃、德尔菲娜·德维冈）中前三位多多少少都应
该感谢他。尽管玛丽·恩迪亚耶后来挂着NRF浅黄色、加红
框的旗帜航行[①]，但她是被兰东这位坚持自己的文学追求、
半个世纪以来未改变过"航向"的苛求的出版商发现的。恩
迪亚耶17岁时的处女小说《至于远大前程》1985年在午夜出
版社出版，随后又出版了好几部小说。她曾把《至于远大前
程》寄给了三位出版商，兰东是反应最快的，因为没有审读
委员会，他是放下手中所有事务先读他所收到的书稿的那种
人。一个星期六的早上，他在索镇的拉卡纳尔高中门口等玛
丽·恩迪亚耶签约。那个人在学校门口等你，为你出版和罗贝
尔·班热封面相同的书。图森呢，1984年他的手稿《浴室》被
所有的出版商拒绝，兰东在去国外出差的罗伯-格里耶的写

[①] 伽利玛出版社的初版小说，封面永远都是浅黄的底色，加红框。

字台上发现了这部未处理的手稿，便带走了，阅读之后很快给图森发了一封电报。此后15年时间里，他们相互信任，直至兰东去世。至于莫维尼埃，他和午夜出版社的同辈作者们走得很近，这促使他"很自然地"就把第一部作品寄给了"午夜"，"午夜"接受了。那是1999年的事。

恩迪亚耶、图森、莫维尼埃都受到同一家出版社的赏识，该出版社由一位伟大的审读者领导，在发现他们三位之前，他还发现了让·艾什诺兹，更早一些还发现了塞米埃尔·贝克特。如果说要找一所眼光独到的学校，那无疑是午夜出版社而不是别处。在这里，只要你敢，即使你因为缺乏底气而颤抖，还是会出版你的东西，把你放在你所认识的大

贝克特与子夜出版社老板兰东（左）1980年在子夜出版社

师当中一起推出。这里不是出版流水线，而是一个充满智慧的大家庭，如果不说是一个文学帮会的话。如果认定第一时间审读过的手稿有前途，兰东就会变得激动、好奇、急切。很有意思的人，集温柔（嗓音、手势）和果敢（对文学的决断力）于一身。他坚持认为作家应该把自己的全部精力和时间都奉献给写作，排除对旅行的沉醉、对媒体的痴迷、对电影的爱好，忘记婚姻和孩子，但是这些限制不会出现在合同上。没有兰东，这些小说家也许仍然可以写作出版，但可能不会完全是现在这个样子，也不会是以同样的方式写作。现在，兰东的女儿伊莱娜对午夜出版社执掌有方。尽管文学遗产已很庞大，但她不仅知道如何维持，还懂得发扬光大。

11月2日，龚古尔奖评委们聚在一起投票，公开自己的选择结果。有没有迹象？一周前，恩迪亚耶和图森就是九位在场评委评选出的佼佼者，每人九票。两人势均力敌，虽然对于这样的评委会，我们无法做任何保证，即使貌似不可能撼动两位宠儿地位的"局外人"，也会有一丝希望。玛丽·恩迪亚耶集所有优势于一身：一部好小说，包括评委会内部的某些人，也想在这部小说里看到三个和自身紧密相连的新形象（《三个折不断的女人》已经位居畅销书单的前列，十多个国家已经买下版权）；和她的品性一致的作品；在多样性成为王牌的时代，兼有达喀尔、皮提维埃、安托尼三地的出身为她加分；还有，她是女人。龚古尔奖评委在106年时间里只为8位女作家授过奖，辩论时有人提出了这个论据。那就是她了。

2010年

　　文学回归季在各种形式的危机（社会、政治、家庭）、自杀、疾病、战争和死亡的标志下进行，米歇尔·维勒贝克的第五部小说《地图与疆域》激起一阵有益身心的爆笑，跟悲观的氛围形成强烈的反差。虽然没有人陷入引起悲观的忧郁，作者在向读者宣泄自己的忧郁方面无与伦比。这一次他至少很优雅，没有把侵蚀他的烦忧传染给我们。

　　第一眼看上去，这本书是讲什么的？写的是一位并不自恃聪明（有这样的人）的年轻造型艺术摄影师杰德·马丁，讲述发生在他身上的种种故事：展示或者说安置他根据米其林地图所创作的作品；和美女奥尔加相遇；为他带来荣誉和金钱的人物肖像订单；他与父亲及其他许多人的关系；帮助警方调查一宗极其恶劣的社会犯罪案件。

　　这部小说读来很舒服，结构巧妙，内容很吸引人。更何况全书的基调是幽默的、自嘲式的，故事套故事，另一位主要人物不失时机地出现，变成米歇尔·维勒贝克自己，在"我宁可不要"方面有点巴特尔比①的味道。作品的风格与他怪癖的写作方式相呼应，他的欣赏者们将之看作是现代性的顶点：应有尽有的商品品牌、为了制造特殊效果而使用斜体字等等。人们还认为是菲利普·迪昂②翻译的布莱特·伊斯

---

① 麦尔维尔《书记员巴特尔比》一书的主人公。
② 菲利普·迪昂（1949～　　）：反对世俗文学传统的代表作家之一。

维勒贝克在签售

顿·埃利斯[1]的作品。和《斗争领域的延伸》[2]清晰、冷峻、奇妙的风格相反。已经16年过去了，《地图与疆域》的神话超越了《斗争领域的延伸》。

　　为了让自己的形象变得更年轻摩登一些，龚古尔奖评委对于这一点并不讨厌，轻描淡写地和这个惹是生非的坏小子和解了，因为这本书没有奥利维耶·亚当的小说那么悲伤，也没有维吉妮·德彭特的小说那么"垃圾"。1998年因没有选《基本粒子》更偏爱波勒·康斯坦的《心心相诉》，龚古尔奖陷入泥潭，招人诟病，至今还留下苦涩的回忆。从那时起，维勒贝克就成了最著名的法国作家、海外最畅销的法国作家之一。如果"十人团"再次不管不顾，他们的不良记录可能会加重。这次，维勒贝克看来和龚古尔奖是不会失之交臂了。

　　我们将看到没有意外和丑闻的文学奖是怎样的景象。除了无法预料的情节，接下来几个星期的文学回归季剧本已

---

[1] 布莱特·伊斯顿·埃利斯（1964~　 ）：美国作家、编剧。

[2] 《斗争领域的延伸》：米歇尔·维勒贝克1999年的作品。

经写就,《地图与疆域》将压倒其他所有作品。出版商拉法埃尔·索兰发现有一个词能够描写一本书取缔其他所有书的现象:刷橱窗[①]。评论界几乎一致表示赞赏,那些持不同意见的评论者被无情地喝令遵守秩序,比如塔哈尔·本·杰伦,他被网友们痛骂,因为他在《意大利共和报》的专栏中说,读了这本书他感到很不愉快。该书出版后在特鲁昂饭店的同席者中也不太讨喜,那些平时兼任文学评论家的评委们没有在投票前隐藏喜好的习惯,评委的专栏文章在出版商们眼里甚至相当于晴雨表。只是,在这种情况下,他们通常表达好感,最多也只是表示有所保留,而本·杰伦却在《意大利共和报》上对一部小说提出了反对意见,或者可以说对一位已享有很高地位的作者表现出敌意,并且他还宣布了自己的投票选择。除非是候选人在媒体上犯什么错(虽然他有智有谋而又谨慎),评委会不可能会对一本在任何方面都令他们满意的小说无动于衷。除非见了鬼。人们甚至会忍不住这么想,维勒贝克这么写是不是故意的?

　　评委会里只有两票反对:马莱–乔里和本·杰伦。帕特里克·朗博不喜欢这本书,但还是投了赞成票,为的是龚古尔奖从此能摆脱维勒贝克。罗贝尔·萨巴提埃一开始也不赞成,但他轻易就被说服了。关于小说的内容,在文学方面没有引起争论:讨论只用了一分二十九秒就结束了,正如大家所说,

---

[①] 指最受欢迎的作品占据了所有书店的橱窗。

本·杰伦经历了一次清醒的失败。

　　龚古尔奖的颁发很少像这样没有悬念的。而且，德库安宣布《地图与疆域》在第一轮投票中胜出的那一刻，和往年相反的是，媒体没有立即起反应，没有低语，没有呼喊，没有惊愕，更没有震动。直到维勒贝克到达龚古尔奖评委们的会客厅时，人们才开始喧闹起来，摄影师和摄像师太多，似乎要把评委和桌子压扁。现场很嘈杂，几乎听不到维勒贝克喃喃地说自己很幸福，绝不是忘恩负义之人，并首先感谢那天缺席的努里西耶——努里西耶已经不能投票了，因为已经辞职，但他是评委会里最先支持维勒贝克的，也是维勒贝克最早、最热诚的支持者。

　　米歇尔·维勒贝克：这是一种很奇怪的感觉，但我还是很高兴。我不知道该怎么描述，但我觉得媒体是一个很奇怪的东西，你们从事的是多么神奇的事业啊！但我从心底感到幸福。我也没有那么凄惨，不是吗？不管怎么说，在个人生活中我还是有名望的，我不凄惨。我要说，在我所有的书里，我在这本书里对写作的流畅和柔美尽了最大努力。或许是最好读的一本，或许是结构最复杂的一本。至于是不是我写得最好的书，我不知道。（法国国际广播电台，2010年12月8日，©国家视听研究院）

2011年

几乎没有争论：阿莱克西·热尼的处女作《法兰西兵法》自第一轮投票就深受喜爱，在八位评委的选票中获得五票；卡洛尔·马尔蒂耐的《呢喃》获得三票。雷吉·德布雷从一开始就是热尼这部鸿篇巨制的铁杆支持者，而德库安、毕沃和尚戴尔纳戈尔则坚持支持马尔蒂耐的《埃斯克拉蒙》。这两本小说都很好，都在语言上花了心思，都是在伽利玛出版社出版的。品质差不多，怎么选择呢？不管怎么说，评委们根据经验知道："反正难逃拉帮结派的批评，那就……"近几日，对于"竟敢"把德尔菲娜·德维冈和艾玛纽埃尔·卡莱尔逐出名单的行为，评委们已经在Canal+电视台的《大新闻》节目中被大肆抨击：首先，他们应该把这两位都留在名单里，甚至把奖颁给他们，现在这样做等于偷了属于他们的奖；其次，评委们把奖颁给了一本不是小说的小说。热尼怎么办？抗议声四起：出版商！出版商！免不了的。只有八

Alexis Jenni
L'art français
de la guerre

folio

热尼和他的获奖小说《法兰西兵法》

位评委投票（最近逝世的豪尔赫·森普兰还没有继任者，弗朗索瓦兹·马莱–乔里已经申请成为荣誉成员），由伽利玛出版社一百周年庆时引起的风言风语已相当辛辣，说评委会是伽利玛出版社的天下，但事实上只有两个评委的作品是在伽利玛出版社出版的（本·杰伦和德布雷）。那又如何？傲气的龚古尔奖评委很有可能会为一部已经获过奖的小说授奖！这一次，情况在索尔·夏朗东身上再次出现，他是不久之前法兰西学院大奖的得主。为什么把所有荣誉都集中在一部小说上而不分一分呢？对于书商来说这也许是个打击，他们完全不需要这样。作为各大文学奖中最有声望的文学奖的评委，绝对不会是对文学不敏感的人。所以，得知《呢喃》令笃信天主教的迪迪耶·德库安兴高采烈，而《法兰西兵法》则令雷吉·德布雷十分满意的时候，我们不会感到惊讶。评委会的"新手"德布雷第一次投票就在同僚们面前极力辩护："由于有了这本扣人心弦的书，'法国'不再是脏话。"那么，怎么选择呢？一边是引起强烈政治共鸣的历史巨著，其中的价值观（荣誉、英雄主义、忠诚）让人们更有归属感；另一边是微妙、神秘的故事，其中的曲折尤其吸引女性读者，因为女性对于母亲的教谕很敏感。这样看来，可以说一部是左派的，另一部是右派的！人们可以在特鲁昂饭店听到类似这样的言论……最后是热尼的《法兰西兵法》获奖！一直在选择上属于少数派的帕特里克·朗博这一次终于满意了，这是他2008年进入评委会以来唯一一次，甚至是他掀起了评论界的论战，第一个在《书业》头版头条上称颂并不符合所有人的趣味的《法兰西兵法》。特鲁昂饭店的一楼，宣布热尼获奖消息和他走上台阶时出奇的平静，和上一年维勒贝克进门时引起的那种激烈、令人窒息的骚动形成强烈反差。

法国的书香生活就是这样。那个星期二，那群在加永广场找喜剧院迷了路的日本人可以实地感受这一特殊的文化奇观，全世界都羡慕我们：文学之战的法国兵法。

2012年

这一年，我成为龚古尔奖的第十席评委。人们会理解，自此以后保密的义务落到了我身上。我只能说得主的名字叫杰罗姆·法拉利，小说标题是《罗马衰落的教训》，这部由南方文献出版社出版的小说击败了帕特里克·德维尔的小说，除此之外我不能再多说什么。

4

奶酪

文学圈子不是帮派，二者是有差别的。正如其他职业圈子一样，文学圈也确实会有渣滓。但就像弗朗索瓦·努里西耶过去一直强调的那样，文学圈子更加敏感、细腻，因为我们的素材，是才华。

50法郎的支票从今之后变成金额10欧元的支票，大部分人会把它裱起来挂在公寓、别墅甚至城堡的墙上，只要不是龚古尔奖挣的钱让他们买的家族的房子被拆毁，家庭中的成员不把这张支票兑现（可能是出于礼貌）。不过这可不是一笔好买卖，鉴于这张支票是如此罕见，如果拿去德鲁奥拍卖行①拍卖，肯定更值钱。

一朝成名能留下什么？所剩无几，或者说什么都不剩。这很正常。时间会做筛选，筛子很少会漏掉金子，历史的评判是不可改变的。没什么好遗憾的。所有艺术界都如此，比如说政界，但体育界可能不是这样，这是少有的会让那些拥

---

① 巴黎德鲁奥拍卖行，位于法国巴黎，成立于1852年，是法国最大、最重要的拍卖行之一。

趸记住一些名字、成就和时刻的圈子。

是不是也得发表或表明观点呢？不是只有记者才能表态，因为龚古尔奖的评委们也一直在表明他们的观点。最后一轮投票之后有过生气、吃饭离席、摔门的情况发生：弗朗西斯·卡尔科就摔过门，因为他培养的新手作家塞尔热·格鲁萨尔没有获奖。为了缓和那个很没风度的失败者所引起的丑闻，卡尔科当晚就对报刊媒体说，因为节食，所以他离席了。没有人相信他的话，大家都知道，只要意气相投，不吃东西也可以同席。

说了这些，请不要误解我们：文学是在孤独、寂静、隐居、内心的流浪中形成的——而绝不是在餐馆里或舞台上。文学是发生于麦克风和摄像机之外的。

5

甜 点

　　明天呢? 文学生活仍会继续。各大文学奖仍会颁发,评论家仍会评论,读者仍会阅读自己喜欢的书。至于龚古尔奖,仍会继续龚古尔化。我们不能阻止某些人(通常总是同一些人)把评委会的选择亵渎成算计的结果,他们无法想象评委会的选择反映的是品位、决断和性情。然而这一切,攻击也好、捍卫也罢,无疑会使文学生活充满活力; 这些批评者和攻击者无法破坏龚古尔奖,只会让它的象征权力变得更大、更强。

评委会宣布评选结果

2014年，我们庆祝入驻特鲁昂饭店一百周年。是啊，饭店的招牌与评委会的名字在整整一个世纪里都密不可分。但是，除了菜单有些变化之外，什么都没有改变，如果一定要说改变，那就是随着许多新媒体的诞生，不断增加的记者大量汇聚在特鲁昂饭店；文学回归季那段时间，饭店一楼的狂热气氛日增，围绕龚古尔奖入围者的传闻不断，还有不变的仪式（我们注意到字典最终收入了这一用法，因为"龚古尔奖入围者"①一词已经进入2014年出版的《罗贝尔词典》）：每月第一个星期二的十一点半，十位评委在二楼的小餐厅聚首，餐厅的窗户朝向加永广场，还保留着木头味道的墙上挂着龚古尔兄弟的画像，两人在儒勒埃德蒙②的名下已经变成了一个人，橱窗里整整齐齐地放着龚古尔兄弟的原版书籍。

这圆形餐厅的尽头，在某种意义上就是我们的办公室——我们没有其他办公地点，窗帘后面有个保险柜，里面放着刻有一个世纪以来所有龚古尔奖评委名字的镀金餐具。

根据惯例，新工作的展开要从阅读上一次的会议记录开始。从秘书长迪迪耶·德库安音色清晰有力的讲话开始；值得注意的是，多亏了龚古尔奖秘书玛丽·德巴迪勤奋、高效的整理工作，会议记录很快就将和龚古尔学院的历史资料一道被南锡城市档案馆保存。南锡是1822年埃德蒙·德·龚古尔

---

① 龚古尔奖入围者：龚古尔文学奖是取创始人龚古尔兄弟的姓氏Gongourt，gongourable是Gongourt的衍生词，指的是可以得龚古尔奖的人，即入围者。

② 儒勒埃德蒙：儒勒和埃德蒙分别是龚古尔兄弟的名字。

龚古尔奖的评委们，左四为现任席夏尔·卢

出生的城市。

　　然后我们就进入一天的流程，处理日常事务，审查来自国内外的合作建议、各项活动和图书沙龙方案。最后，根据不同的季节，我们为龚古尔短篇小说奖、龚古尔处女座奖、龚古尔传记奖和龚古尔-罗贝尔·萨巴提埃诗歌奖讨论被选中的书。下午一点，我们在友好的氛围下共进午餐，从词源学的意义上讲，我们这些"少数幸福的人"（happy few）是一起掰面包的人，斯丹达尔在莎士比亚的作品中发现了这个词后把它引入了法国，莎士比亚可没有说"少数幸福的人"是"一帮兄弟"。然而，摩擦是人与人之间不可避免的，摩擦是法式谈话中的必要调剂，正如科莱特主席在《蓝色信号灯》中提及的那样，"带着火花的、多样的、不同的，和而不同"，即便不是时时刻刻都如此，但仍和我们这个团体里面占主导的友善的默契完全吻合。最近又出现了摩擦，餐桌上回响着达尼埃尔·布朗热和罗贝尔·萨巴提埃吵得不可开交的声音。我向您保证，我们很愿意谈足球、电影或葡萄品种，但首先谈的肯定是书、作家和文学，一直谈到上咖啡！

现在，我们不主张您关掉电视、恢复以前的活动、重新开始正常生活，而是推荐您做一些势必会加快让专栏作家、新闻编辑、评委、评论家、文学记者陷入技术失业困境的事情：一段段仔细阅读塞内克①的作品，把书和由书引发的喧嚣分开。

特鲁昂饭店里龚古尔奖评委的餐桌

---

① 塞内克（公元前4～公元65）：古罗马哲学家。

附　录

龚古尔奖十席评委

第一席：莱昂·都德（1900~1942）、让·德拉瓦朗德（1942~1944）、科莱特（1945~1954）、让·季奥诺（1954~1970）、贝尔纳·克拉韦尔（1971~1977）、安德烈·斯蒂尔（1977~2004）、贝尔纳·毕沃（2005~　　）

第二席：乔里-卡尔·于斯曼（1900~1907）、儒勒·列那尔（1907~1910）、朱迪特·戈蒂耶（1910~1917）、亨利·塞阿尔（1918~1924）、保尔·内弗（1924~1939）、萨沙·吉特里（1939~1948）、阿尔芒·萨拉克鲁（1949~1983）、艾德蒙德·夏尔-卢（1983~　　）

第三席：奥克塔夫·米尔博（1900~1917）、让·阿加尔贝尔（1917~1947）、亚历山大·阿尔努（1947~1973）、让·盖洛尔（1973~1995）、迪迪耶·德库安（1995~　　）

第四席：J.-H.大罗斯尼（1900~1940）、皮埃尔·尚皮翁（1941~1942）、安德烈·比利（1943~1973）、罗贝尔·萨巴提埃（1971~2012）、保尔·贡斯当（2013~　　）

第五席：朱思丁·小罗斯尼（1900~1948）、热拉尔·博埃尔

（1948~1967）、路易·阿拉贡（1967~1968）、阿尔芒·拉努（1969~1983）、丹尼尔·布朗吉（1983~2008）、帕特里克·朗博（2008~　　）

第六席：雷翁·艾尼克（1900~1935）、雷奥·拉尔吉耶（1936~1950）、雷蒙·格诺（1951~1977）、弗朗索瓦·努里西耶（1977~2007）、塔阿尔·本杰鲁（2008~　　）

第七席：保尔·玛格丽特（1900~1918）、爱弥儿·贝尔吉拉（1919~1923）、拉乌尔·彭雄（1924~1937）、米歇尔·图尼埃（1972~2010）、雷吉·德布雷（2011~）

第八席：居斯塔夫·杰弗瓦（1900~1926）、乔治·古尔特林纳（1926~1929）、罗兰·道杰雷斯（1929~1973）、艾玛纽埃尔·罗布雷斯（1973~1995）、弗朗索瓦兹·尚戴尔纳戈尔（1995~　　）

第九席：艾莱米尔·布尔热（1900~1925）、加斯东·谢罗（1926~1937）、弗朗西斯·卡尔科（1937~1958）、埃尔韦·巴赞（1958~1996）、若尔热·桑普兰（1996~2011）、菲利普·克洛岱尔（2012~　　）

第十席：吕西安·德卡夫（1900~1949）、皮埃尔–马克·奥尔朗（1950~1970）、弗朗索瓦兹·马莱–乔里（1970~2011）、皮埃尔·阿苏里（2012~　　）

历届龚古尔奖得主及作品

1903 – John-Antoine Nau, *Force ennemie*（Plume）

　　约翰–安托万·诺,《敌对势力》

1904 – Léon Frapié, *La Maternelle*（Albin Michel）

　　莱昂·弗拉皮埃,《幼儿园》

1905 – Claude Farrère, *Les Civilisés*（Paul Ollendorff）

　　克洛德·法雷尔,《文明人》

1906 – Jérôme et Jean Tharaud, *Dingley, l' illustre écrivain*
　　（Pelletan）

　　杰罗姆和让·塔洛,《丁格雷》

1907 – Emile Moselly, *Terres lorraines* et *Jean des Brebis*（Plon）

　　埃米尔·默塞利,《洛林的土地》和《让·德·布雷比》

1908 – Francis de Miomandre, *Ecrit sur l' eau*（Emile-Paul）

　　弗朗西斯·德·米奥曼德尔,《水上书》

1909 – Marius et Ary Leblond, *En France*（Fasquelle）

　　马利尤斯和阿里·勒布隆,《在法国》

1910 – Louis Pergaud, *De Goupil à Margot*（Mercure de France）

　　路易·佩戈,《德·古皮尔》

1911 – Alphonse de Châteaubriant, *Monsieur des Lourdines*（Grasset）

阿尔封斯·德·夏多布里昂，《德·鲁尔迪纳先生》

1912 – André Savignon, *Les Filles de la pluie*（Grasset）

安德烈·萨维尼翁，《雨的女儿》

1913 – Marc Elder, *Le peuple de la mer*（Calmann-Lévy）

马克·埃尔德，《海上人家》

1914 – Adrien Bertrand, *l' appel du Sol*（Calmann-Lévy）

安德烈·贝尔特朗，《地的召唤》

1915 – René Benjamin, *Gaspard*（Fayard）

勒内·邦雅曼，《加斯帕》

1916 – Henri Barbusse, *Le feu*（Flammarion）

亨利·巴比塞，《火线：一个步兵班的日记》，人民文学出版社，1958

1917 – Henri Malherbe, *La Flamme au poing*（Albin Michel）

亨利·马勒布，《火焰在握》

1918 – Georges Duhamel, *Civilisation*（Mercured de France）

乔治·杜阿梅尔，《文明》，安徽文艺出版社，1998

1919 – Marcel Proust, *À l' ombre des jeunes filles en fleurs* (volume 2 d'*À la recherche du temps perdu*)（Gallimard）

普鲁斯特，《在少女们身旁》(《追忆似水年华》第二部)译林出版社，1996

1920 – Ernest Pérochon, *Nêne*（Clouzot puis Plon）

艾尔内斯特·佩罗雄，《奈纳》

1921 – René Maran, *Batouala* （Albin Michel）

勒内·马朗，《巴图阿拉》

1922 – Henry Béraud, *Le vitriol de la lune* （Albin Michel）

亨利·贝罗，《磺月》

1923 – Lucien Fabre, *Rabevel ou Le mal des ardents* （Gallimard）

吕西安·法伯尔，《拉伯韦尔或瘟疫》

1924 – Thierry Sandre, *Le chèvrefeuille, Le purgatoire* （Gallimard）

蒂埃里·桑德尔，《忍冬》、《炼狱》

1925 – Maurice Genevoix, *Raboliot* （Grasset）

莫里斯·热纳瓦，《拉博利奥》

1926 – H. Deberly, *Le supplice de Phèdre* （Gallimard）

亨利·德贝尔利，《裴德尔的苦恼》

1927 – Maurice Bedel, *Jérôme 60° latitude nord* （Gallimard）

莫里斯·贝德尔，《热罗姆，北纬60度》

1928 – Maurice Constantin-Weyer, *Un Homme se penche sur son passé* （Rieder）

莫里斯·康斯坦丁-韦耶，《一个留恋过去的人》

1929 – Marcel Arland, *L'ordre* （Gallimard）

马塞尔·阿尔朗，《命令》

1930 – Henri Fauconnier, *Malaisie* （Stock）

亨利·福科尼埃，《马来西亚》

1931 – Jean Fayard, *Mal d'amour* （Fayard）

让·法亚尔，《相思病》，麦田出版股份有限公司，1999

1932 – Guy Mazeline, *Les loups*（Gallimard）

居伊·玛兹里纳,《狼》

1933 – André Malraux, *La condition humaine*（Gallimard）

安德烈·马尔罗,《人的命运》,作家出版社, 1988;《人的境遇》,外国文学出版社, 1999

1934 – Roger Vercel, *Capitaine Conan*（Albin Michel）

罗歇·韦塞尔,《柯南船长》

1935 – Joseph Peyré, *Sang et lumières*（Grasset）

约瑟夫·佩雷,《血和光》

1936 – Maxence Van Der Meersch, *L'empreinte de Dieu*（Albin Michel）

马克桑斯·范·德·梅尔契,《神迹》

1937 – Charles Plisnier, *Faux Passeports*（Corrêa）

夏尔·普利斯尼埃,《假护照》

1938 – Henri Troyat, *L'araignée*（Plon）

亨利·特罗亚,《蜘蛛》

1939 – Philippe Hériat, *Les enfants gatés*（Gallimard）

菲利普·埃利亚,《宠儿们》,江苏人民出版社, 1988

1940 – Francis Ambrière, *Les grandes vacances*（Nouvelle France）

弗朗西斯·昂布里埃尔,《暑假》

1941 – Henri Pourrat, *Le vent de mars*（Gallimard）

亨利·普拉,《三月的风》

1942 – Marc Bernard, *Pareil à des enfants*（Gallimard）

　　马克·贝尔纳，《赤子之心》

1943 – Marius Grout, *Passage de l'homme*（Gallimard）

　　马里于斯·格鲁，《人的道路》

1944 – Elsa Triolet, *Le premier accroc coûte* 200 *francs*（Denoël）

　　艾尔莎·特丽奥莱，《第一个回合花了二百法郎》

1945 – Jean-Louis Bory, *Mon village à l'heure allemande*（Flammarion）

　　让-路易·博里，《德寇铁蹄下的故乡》

1946 – Jean-Jacques Gautier, *Histoire d'un fait divers*（Julliard）

　　让-雅克·戈蒂埃，《一则社会新闻的故事》

1947 – Jean-Louis Curtis, *Les forêts de la nuit*（Juillard）

　　让-路易·居尔蒂斯，《夜森林》，广西师范大学出版社，2002；又译作《夜深沉》，安徽文艺出版社，1994

1948 – Maurice Druon, *Les grandes familles*（Juilliard）

　　莫里斯·德吕翁，《大家族》，海峡文艺出版社，1985；上海译文出版社，1987（又译《富豪世家》），华夏出版社，1989

1949 – Robert Merle, *Week-end à Zuydcoote*（Gallimard）

　　罗贝尔·梅尔勒，《碧血长天》（又译《敦刻尔克的周末》）

1950 – Paul Colin, *Les jeux sauvages*（Julliard）

　　保尔·科兰，《野蛮的游戏》

1951 – Julien Gracq, *Le rivage des Syrtes*（J. Corti）

于连·格拉克（作家拒绝领奖），《沙岸风云》，长江文艺出版社，1992

1952 – Béatrix Beck, *Léon Morin, prêtre*（Gallimard）

贝阿特丽丝·白克，《莱昂·莫兰教士》（中译本《给幸运儿讲的故事》，北京出版社，1982）

1953 – Pierre Gascar, *Les bêtes*（Gallimard）

皮埃尔·加斯卡尔，《畜生》，北京师范大学出版社，1996

1954 – Simone de Beauvoir, *Les mandarins*（Gallimard）

西蒙娜·德·波伏瓦，《名士风流》，漓江出版社，1991；北京师范大学出版社，1996；中国书籍出版社，2000

1955 – Roger Ikor, *Les eaux mêlées*（Albin Michel）

罗歇·伊科尔，《浑水》

1956 – Romain Gary, *Les racines du ciel*（Gallimard）

罗曼·加里，《天根》，漓江出版社，1992；北京师范大学出版社，1996，人民文学出版社，2010

1957 – Roger Vailland, *La loi*（Gallimard）

罗歇·瓦扬，《律令》，漓江出版社，1990

1958 – Francis Walder, *Saint Germain ou la Négociation*（Gallimard）

弗朗西斯·瓦尔岱，《圣日耳曼或谈判》

1959 – André Schwarz-Bart, *Le dernier des Justes*（Seuil）

安德烈·施瓦兹-巴特，《最后一个正直的人》

1960 – Vintila Horia, *Dieu est né en exil*（Fayard）

　　凡蒂拉·奥里亚，《上帝在流亡中诞生》

1961 – Jean Cau, *La pitié de Dieu*（Gallimard）

　　让·科，《上帝的怜悯》

1962 – Anna Langfus, *Les bagages de sable*（Gallimard）

　　安娜·朗菲，《装沙的行李》

1963 – Armand Lanoux, *Quand la mer se retire*（Julliard）

　　阿尔芒·拉努，《当大海退潮的时候》

1964 – Georges Conchon, *L'état sauvage*（Albin Michel）

　　乔治·孔雄，《野蛮状态》中译本《女银行家》，上海译文
　　出版社，1987

1965 – Jacques Borel, *L'adoration*（Gallimard）

　　雅克·博雷尔，《钟爱》

1966 – Edmonde Charles-Roux, *Oublier Palerme*（Grasset）

　　艾德蒙德·夏尔-卢，《忘却巴勒莫》，华夏出版社，2000

1967 – André Pieyre de Mandiargues, *La marge*（Gallimard）

　　安德烈·皮耶尔·德·芒迪亚格，《边缘》

1968 – Bernard Clavel, *Les fruits de l'hiver*（Laffont）

　　贝尔纳·克拉韦尔，《冬天的果实》，漓江出版社，1993；北
　　京师范大学出版社，1996

1969 – Félicien Marceau, *Creezy*（Gallimard）

　　费利西安·马尔索，《克利吉》

1970 – Michel Tournier, *Le roi des Aulnes*（Gallimard）

　　米歇尔·图尼埃，《桤木王》，安徽文艺出版社，1994；北

京师范大学出版社, 1996; 上海译文出版社, 2000

1971 – Jacques Laurent, *Les bêtises*（Grasset）

雅克·洛朗,《蠢事》, 华夏出版社, 2001

1972 – Jean Carrière, *L'épervier de Maheux*（J.–J. Paubert）

让·卡里埃尔,《马鄂的雀鹰》, 安徽文艺出版社, 1992

1973 – Jacques Chessex, *L'ogre*（Grasset）

雅克·谢赛克斯,《吃人妖魔》

1974 – Pascal Lainé, *La dentellière*（Gallimard）

帕斯卡尔·莱内,《花边女工》, 文化艺术出版社, 1984; 中国文学出版社, 1996

1975 – Emile Ajar (Romain Gary), *La vie devant soi*（Mercure de France）

埃米尔·阿雅尔（罗曼·加里的化名）,《如此人生》, 上海译文出版社, 1981; 浙江人民出版社, 1982

1976 – Patrick Grainville, *Les flamboyants*（Seuil）

帕特里克·格兰维尔,《金凤花》（又译《火焰树》）

1977 – Didier Decoin, John l'enfer（Seuil）

迪迪耶·德库安,《约翰地狱》, 江苏人民出版社, 1983; 漓江出版社, 1992

1978 – Patrick Modiano, *Rue des boutiques obscures*（Gallimard）

帕特里克·莫迪亚诺,《暗铺街》, 译林出版社, 1994; 又译《寻我记》, 漓江出版社, 1992

1979 – Antonine Maillet, *Pélagie–la–Charette*（Grasset）

安多瓦纳·马耶,《大车贝拉吉》

1980 – Yves Navarre, *Le Jardin d' acclimatation*（Flammarion）

伊夫·纳瓦尔，《动物园》

1981 – Lucien Bodard, *Anne Marie*（Grasset）

吕西安·博达尔，《安娜·玛丽》，上海人民出版社，2007

1982 – Dominique Fernandez, *Dans la main de l' ange*（Grasset）

多米尼克·费尔南德兹，《在天使手中》，吉林出版集团有限责任公司，2009

1983 – Frédérick Tristan, *Les égarés*（Balland）

弗雷德里克·特里斯当，《迷惘者》

1984 – Marguerite Duras, *L' amant*（Minuit）

玛格丽特·杜拉斯，《情人》，上海译文出版社，2004

1985 – Yann Queffélec, *Les noces barbares*（Gallimard）

扬·盖菲雷克，《野蛮的婚礼》，北京出版社，1988；北京师范大学出版社，1996

1986 – Michel Host, *Valet de nuit*（Grasset）

米歇尔·奥斯特，《黑夜的奴仆》，北京出版社，1989

1987 – Tahar ben Jelloun, *La nuit sacrée*（Seuil）

塔哈尔·本·杰伦，《神圣的夜晚》，译林出版社，1988；北京师范大学出版社，1996

1988 – Erik Orsenna, *L' exposition coloniale*（Seuil）

埃里克·奥瑟纳，《殖民地展览》

1989 – Jean Vautrin, *Un grand pas vers le Bon Dieu*（Grasset）

让·沃特兰，《走向上帝的一大步》

1990 – Jean Rouaud, *Les Champs d'honneur*（Minuit）

让·卢欧，《沙场》，中国文学出版社，1998

1991 – Pierre Combescot, *Les filles du Calvaire* （Grasset）

皮埃尔·孔贝斯科，《受难地的女人》，人民文学出版社，
2000

1992 – Patrick Chamoiseau, *Texaco*（Gallimard）

帕特里克·夏穆瓦佐，《德士古》

1993 – Amin Maalouf, *Le rocher de Tanios*（Grasset）

阿明·马卢夫，《塔尼欧斯巨岩》，麦田出版股份有限公
司，1996

1994 – Didier Van Cauwelaert, *Un aller simple*（Albin Michel）

狄迪耶·凡·科威勒尔，《荒谬之旅》，小知堂，1996

1995 – André Makine, *Le testament français*（Mercure de
France）

安德烈·马奇诺，《法兰西遗嘱》，花城出版社，1998

1996 – Pascale Roze, *Le chasseur Zéro*（Albin Michel）

巴斯卡·侯兹，《零战》，先觉出版社，1996

1997 – Patrick Rambaud, *La bataille*（Grasset）

帕特里克·朗博，《战役》，外国文学出版社，2000

1998 – Paule Constant, *Confidence pour confidence*（Gallimard）

波勒·康斯坦，《心心相诉》，春风文艺出版社，1999

1999 – Jean Echenoz, *Je m'en vais* （Minuit）

让·艾什诺兹，《我走了》，湖南文艺出版社，2000

2000 – Jean-Jacques Schuhl, *Ingrid Caven*（Gallimard）

让-雅克·舒尔,《英格丽·卡文》,译林出版社, 2008

2001 – Jean-Christophe Rufin, *Rouge Brésil*（Gallimard）

让-克里斯托夫·吕芬,《红色巴西》,译林出版社, 2008

2002 – Pascal Quignard, *Les Ombres errantes*（Grasset）

帕斯卡尔·基尼亚尔,《游荡的影子》,译林出版社, 2007

2003 – Jacques-Pierre Amette, *La maîtresse de Brecht*（Albin Michel）

雅克-皮埃尔·阿梅特,《布莱希特的情人》,译林出版社, 2005

2004 – Laurent Gaudé, *Le soleil des Scorta*（Actes Sud）

洛朗·戈代,《斯科塔的太阳》,辽宁教育出版社, 2006,上海文艺出版社, 2014

2005 – François Weyergans, *Trois jours chez ma mere*（Grasset）

弗朗索瓦·威尔冈,《在我母亲家的三天》,上海人民出版社, 2006

2006 – Jonathan Littell, *Les Bienveillantes*（Gallimard）

乔纳森·利特尔,《复仇女神》,译林出版社, 2011

2007– Gilles Leroy, *Alabama Song*（Mercure de France）

吉勒·鲁瓦勒,《亚拉巴马之歌》,作家出版社, 2008

2008– Atiq Rahimi, *Syngué Sabour. Pierre de patience*（P.O.L）

阿提克·拉希米,《耐心之石》,皇冠文化出版有限公司, 2011

2009– Marie Ndiaye, *Trois femmes puissantes*（Gallimard）

　　玛丽·恩迪亚耶,《三个折不断的女人》, 译林出版社,
　　2011

2010–Michel Houellebecq, *La carte et le territoire* （Flammarion）

　　米歇尔·维勒贝克,《地图与疆域》, 人民文学出版社,
　　2011

2011–Alexis Jenni, *L' art francais de la Guerre*（Gallimard）

　　阿莱克西·热尼,《法兰西兵法》, 译林出版社, 2015

2012–Jérome Ferrari, *Le sermon sur la chute de Rome*(Actes Sud)

　　杰罗姆·法拉利,《罗马衰落的教训》

遗　嘱

以下是我的遗嘱。我，埃德蒙·于奥·德·龚古尔，头脑清醒，鉴于我弟弟去世后对我的健康大有影响，想到死亡的威胁，不知道死神何时降临，就像我的导师圣西蒙公爵所说的那样，"担心它事先不通知一声"，我还是亲手写下这份遗嘱并签好名字。

想到我死后我敬重和爱戴的那些亲人并不需要我的财产，我决定把我拥有的财产做如下处理：指定我的朋友阿尔封斯·都德作为遗嘱执行者，委托他在我去世之年成立一个永久性的文学机构，这是我和我的兄弟在文学生涯中的毕生愿望：

——每年设立一份5000法郎的奖金，奖给一部文学作品；

——给每个评委一份6000法郎的年金。

一切都得符合我所提出的要求：

评委会将由十名成员组成：1. 阿尔封斯·都德；2. 于斯

曼；3. 奥克塔夫·米尔博；4. 罗斯尼（哥哥）；5. 罗斯尼（弟弟）；6. 雷翁·艾尼克；7. 保尔·玛格丽特；8. 居斯塔夫·杰弗瓦；9. ……10.……

如果在遗嘱开始执行时，有人去世或拒绝担任评委，剩下的人可以评出人选接替他们。在我去世后，第一届的评委会主席由最年长者担任。

能入选评委会的人必须是作家，只能是作家，既不要权贵也不要政客参与。任何选入法兰西学院的成员，必须辞退并放弃相应的年金。

所有接替去世成员的新人都由投票产生，如果出现票数相同，主席的票算两票。

……为了建立这个评委会，我宣布捐出我的财产和动产变卖所得还有我生前发表的书籍和戏剧的版权所得，还有我死后出版的作品，尤其是《龚古尔兄弟的日记——文学生活回忆录》的版权。

龚古尔兄弟

……评委会的每个成员可获得6000法郎的年金，也就是十个评委6万法郎，将从已有的6.5万法郎的年金里扣除，和国家的到期年金一样可以提现。这份年金不得转让也不准扣押，每位评委会成员终身享用，由我的遗嘱执行人执行。

……文学奖将颁给年度最佳长篇小说，最佳短篇小说集，最富想象力的散文作品，只颁给非诗歌类作品……我最大的愿望，是未来龚古尔学院有年轻的院士，因为这个奖是颁给年轻人的，奖励有独创性的才能，奖励思想和形式上的新颖和大胆尝试。在同等的条件下，优先考虑小说。评委会的所有成员均不能参与该奖项的角逐。

……为了年轻的龚古尔学院得以运作，我赋予遗嘱执行者，或许是我的多位遗嘱执行者，变卖资产的自由，着手进行不动产和动产的买卖，支付所有继承过程产生的手续费，取得所有馈赠和使用这笔国家年金的权利并根据以上条款，支配所有不管以什么名目、不管在什么时候继承的我的财产，把年金支付给学院的成员。

…………

这就是我亲手写的遗嘱，代表了我最后的意愿。

埃德蒙·德·龚古尔

奥特伊，1884年11月16日

龚古尔学院章程

龚古尔学院章程于1903年1月19日开始生效。按照章程，根据1901年法律创建的龚古尔兄弟文学社，也称龚古尔学院，是非营利组织。这个组织只有十名成员，由四人组成的工作组依法管理。

1903年，共和国总统宣布该组织为"公共用益"单位，这让学院可以接受多方馈赠，司法和财政受到文化部和内务部的监管。章程的变更需要有三分之二的成员投票通过，然后提交最高行政法院公布。最近一次变更见2008年5月22日的法令，刊登于2008年6月12日的《公报》。

由最高行政法院确定的章程还有一个由半数以上成员通过的内部补充条例。这个特殊的司法条款让龚古尔学院有别于其他文学奖评委会，后者没有章程，常常连条例都没有，也没有"法人"这个司法内涵。

龚古尔学院和法兰西学院一样,是仅有的两个有司法保障和特殊使命的国家级文化机构。除了设立龚古尔奖以外,龚古尔学院还组织其他的活动,并得到巴黎市政府、国家图书中心和合作的外省城市的资助。

埃德蒙·德·龚古尔